LEONARDO SCIASCIA

Der Ritter und der Tod
Ein einfacher Fall

Aus dem Italienischen von Peter O. Chotjewitz

PAUL ZSOLNAY VERLAG
WIEN – DARMSTADT

Umschlag und Einband: Buchholz/Hinsch/Hensinger unter Verwendung einer Radierung von Albrecht Dürer
Satz: Typographische Anstalt, Wien
Druck und Bindung: Wiener Verlag, Himberg
Printed in Austria
ISBN 3-552-04227-X

CIP-Titelaufnahme der Deutschen Bibliothek
Sciascia, Leonardo:
Der Ritter und der Tod / Leonardo Sciascia.
Aus d. Ital. von Peter O. Chotjewitz. – Wien; Darmstadt; Zsolnay, 1990
ISBN 3-552-04227-X

Der Ritter und der Tod
Ein einfacher Fall

Der Ritter und der Tod

Ein alter dänischer Bischof sagte mir
einmal, daß es viele Wege zur Wahrheit gebe;
einer davon sei der Burgunder.

Karen Blixen, *Sieben gotische Geschichten*

Wenn er die Augen vom Papier hob oder besser noch, wenn er den Kopf an den Rand der hohen, harten Rückenlehne stützte, sah er sie deutlich, jede Einzelheit, jedes Zeichen, so als würde sein Blick fein und scharf und als würde die Zeichnung mit der gleichen Präzision und peinlichen Genauigkeit wieder lebendig, mit der Albrecht Dürer sie im Jahre 1513 in Kupfer gestochen hatte. Er hatte das Blatt vor vielen Jahren bei einer Versteigerung erworben: wegen jenes plötzlichen und unbedachten Besitzwunsches, der ihn gelegentlich überfiel, wenn er sich einem Bild, einem Druck, einem Buch gegenübersah. Er hatte es anderen, die es haben wollten, streitig gemacht und den Hartnäckigsten fast gehaßt, als er es ihm schließlich zu einem enormen Preis überlassen hatte, der einem Gehalt von zwei Monaten entsprach und ihn im Moment des Bezahlens in Schrecken versetzte. Enorm nicht nur im Verhältnis zu seinen Möglichkeiten, doch jetzt, infolge der schwindelerregenden Inflation und der Vervielfachung des

Wertes der Arbeiten Dürers, wie jedes anderen großen Kupferstechers, spottbillig. Er hatte den Stich von einer Behörde in die andere, von einem Büro ins nächste mitgenommen und ihn stets an der Wand gegenüber seinem Schreibtisch befestigt. Aber so viele in all den Jahren sein Büro auch betreten hatten, nur einer (begabter Betrüger, der heiter sein Schicksal hinnahm, nach diesem Büro einige Jahre als Gast in einem ungastlichen Gefängnis zu verbringen) hatte innegehalten, das Blatt angeschaut und zu schätzen gewußt: tatsächlich zu schätzen, nach den neuesten Katalogen für Drucke und Stiche der Zürcher und Pariser Händler.
Diese Wertschätzung hatte ihn ein wenig beunruhigt; in einer plötzlichen Anwandlung von Kleinlichkeit und Geiz hatte er beschlossen, das Blatt mit nach Hause zu nehmen, aber er vergaß es gleich wieder. Er hatte sich inzwischen daran gewöhnt, es während der vielen Bürostunden vor sich zu haben. *Il cavaliere, la morte e il diavolo.* Hinten, auf dem Schutzkarton, befanden sich, mit Bleistift geschrieben, die Titel in Deutsch und Französisch: *Ritter, Tod und Teufel; Le chevalier, la mort et la diable.* Und, rätselhaft: *Christus? Savonarola?* Ob der Sammler oder der Händler, der sich nach diesem Namen gefragt hatte, vielleicht andeutete, daß Dürer in der Figur des Ritters einen der beiden symbolisieren wollte?

Auch er stellte sich zuweilen diese Frage, wenn er den Druck sah. Aber während er ihn jetzt betrachtete und den Kopf vor Müdigkeit und Schmerz gegen den Rand der Rückenlehne preßte, suchte er den Sinn eher in der Tatsache, daß er ihn vor Jahren gekauft hatte. Der Tod; und dort oben die unerreichbare Burg.
Infolge der vielen, in der Nacht gerauchten Zigaretten hatte der Schmerz an Stärke und Intensität verloren und eine undeutlichere Färbung angenommen. Man konnte den verschiedenen Arten des Schmerzes und seinen Veränderungen tatsächlich die Namen von Farben geben. Im Moment hatte er sich von Violett in Rot gefärbt: ein flammendes, leckendes Rot, das plötzlich diesen oder jenen Teil seines Körpers bestrich und sich dort festbiß oder verlöschte.
Automatisch zündete er sich eine neue Zigarette an. Aber er hätte sie im Aschenbecher verglühen lassen, wenn der Chef im Hereinkommen ihm nicht die üblichen Vorwürfe wegen seines starken und ruinösen Rauchens gemacht hätte. Blödsinniges Laster, tödliches Laster. Er hatte vor nicht länger als sechs Monaten aufgehört zu rauchen, der Chef, und war sehr stolz darauf, und zwar in dem Maße, wie er darunter litt oder einen gewissen Neid, einen Groll empfand, wenn er andere rauchen sah. Der Geruch des Rauchs verursachte ihm inzwischen ein

tatsächliches Unwohlsein, das bis zum Ekel reichte, während ihm gleichzeitig die Erinnerung an seine Raucherzeit wie ein verlorenes Paradies vorkam.

„Aber spüren Sie nicht, daß man hier erstickt?" sagte der Chef.

Der Vize nahm die Zigarette vom Aschenbecher und inhalierte wollüstig. Es stimmte: man erstickte. Das Zimmer war voller Rauch, der sich um die noch brennende Lampe verdichtete und die Fensterscheiben wie ein durchsichtiger Vorhang verschleierte, durch den schon der Morgen schimmerte und das Licht veränderte. Er machte noch einen tiefen Zug.

„Ich verstehe", sagte der Chef mit dem Tonfall des Vorgesetzten, „daß jemand nicht die Willenskraft hat, auf alles zu verzichten; aber mit so viel Starrsinn und Übertreibung dieser Todesart nachzugehen... Mein Schwager..." Er bediente sich taktvoll des Schwagers, eines erbitterten Rauchers, der vor einigen Monaten verstorben war, um nicht direkt über die Krankheit zu sprechen, mit deren Hilfe der Vize sich offensichtlich zum Sterben anschickte.

„Ich weiß, wir waren Freunde... Sie werden sich, nehme ich an, Ihre eigene Todesart ausgesucht haben. Ich werde Sie einmal darum bitten, mir davon zu erzählen: vielleicht überzeugen Sie mich und ich nehme die gleiche."

„Nein, ich habe mir keine ausgesucht und kann sie auch nicht aussuchen; aber da ich aufgehört habe zu rauchen, hoffe ich jedenfalls auf andere Weise zu sterben."
„Sie wissen wahrscheinlich, daß es die konvertierten Juden waren, die in Spanien die katholische Inquisition erfunden haben[1]."
Er wußte es nicht und entgegnete deshalb: „Ich hatte nie Sympathie für die Juden, unter uns gesagt."
„Ich weiß. Aber etwas Interesse für die Konvertiten hätte ich bei Ihnen erwartet." Sie waren praktisch Kollegen, kannten sich seit Jahren, und so erlaubte er sich zuweilen gewisse Unverschämtheiten, ironische Bemerkungen und auch bissige Antworten, ohne sich viel dabei zu denken. Und der Chef ließ ihn gewähren, da ihn die unbegreifliche Loyalität seines Vize zur Nachgiebigkeit zwang. Nie zuvor hatte er einen derart loyalen Vize gehabt. Anfangs hatte er sich damit abgeplagt, einen verborgenen Grund dafür zu finden, aber inzwischen wußte er, es gab keinen.
„Konvertit oder nicht, keine Sympathie. Sie hingegen..."
„Ich hingegen, Jude oder nicht, habe keine Sympathie für die Konvertiten: Man konvertiert

---

[1] Hier irrt der Vize. (d. Ü.)

stets zum schlechteren, auch wenn es zum besseren zu sein scheint. Das Schlechte in einem Menschen, der fähig ist, zu konvertieren, wird immer noch schlechter."

„Aber der Übertritt zum Nichtrauchertum hat nichts damit zu tun. Vorausgesetzt ein Gesinnungswechsel wäre überhaupt verwerflich."

„Er hat, er hat: aus dem Grunde, weil man zum Verfolger derjenigen wird, die noch rauchen."

„Ach was, Verfolger! Wenn ich einer wäre, hingen diese Büros voller Schilder *Rauchen verboten* und vielleicht sollte man es tun: Ihnen zum Trotz und in Ihrem Interesse. Ich meine es nur gut mit Ihnen: Mein Schwager ..."

„Ich weiß ..."

„Also, dann lassen wir das. Aber was Ihre Philosophie über die Konvertiten betrifft, gibt es Argumente, durch die Sie widerlegt werden, und zwar so ..." Er schnappte laut mit dem Mittelfinger über den Daumen und deutete damit die Blitzartigkeit der Widerlegung an. Es war eine Geste, die er häufig ausführte, denn es gab viele Dinge, die zu widerlegen waren. Der Vize hatte ein paar Male versucht, ihn zu imitieren, aber nie den richtigen Schnapser zustandegebracht und beneidete ihn deshalb wie ein Junge. „Aber wir haben Wichtigeres zu tun. Kommen Sie mit."

„Wohin?"

„Sie haben mich schon verstanden. Gehen wir."
„Ist es nicht etwas zu früh?"
„Nein, es ist bereits sieben. Wir haben genug Zeit verloren mit Ihrer Philosophie."
„Zu früh, es ist immer noch zu früh." Er haßte die Gepflogenheit der Polizei, ihre Haftbefehle, Durchsuchungen, Ortstermine und Hausbesuche in den frühen Morgenstunden oder, häufiger noch, mitten in der Nacht auszuführen; aber Kollegen und Untergebene hielten sie für ein Vergnügen, das man sich nicht entgehen lassen durfte, wenn es nur die kleinste Möglichkeit, die geringste Rechtfertigung dafür gab. Dieses lautstarke Klopfen an Türen, hinter denen nichtsahnende Familien sich der Erholung und dem Schlaf hingaben und das zu einer Nachtzeit, in der die Müdigkeit ihr Gewicht verlor, der Schlaf nicht mehr so dumpf und der Traum durchsichtiger und angenehmer war; dieses aufgeschreckte *Wer ist da?*, und die feierliche, bombastische Antwort *Polizei;* diese Türen, die sich einen Spalt breit öffneten, diese lauernden Augen voller Schlaf und Argwohn; der heftige Stoß gegen die Tür, das Eindringen und schließlich drinnen, das beunruhigte Erwachen der ganzen Familie, die Stimmen voller Angst und Schrecken, das Wimmern der Kinder ... Keiner, ob sein Dienstgrad nun hoch oder niedrig war, bedauerte, für ein solches Vergnügen den eige-

nen Nachtschlaf zu opfern. Doch der Vize empfand, wenn er gelegentlich an einer solchen Operation teilnehmen mußte, ein fast qualvolles Gefühl der Scham, und zwar stets für die Abteilung, der er angehörte, abgesehen davon, daß er es liebte, nach einer mindestens einstündigen Lektüre, von Mitternacht bis um sieben zu schlafen.

„Es ist sieben", sagte der Chef, „und wir brauchen fast eine halbe Stunde bis zur Villaserena. Im übrigen können wir uns in Anbetracht der Umstände keine besonderen Rücksichten erlauben."

„Die haben wir uns bereits erlaubt", sagte der Vize ironisch. „Wir wären seit mindestens drei Stunden dort und hätten in seinem Haus das unterste nach oben gekehrt, wenn er nicht er wäre."

„Aber sicher", sagte der Chef gereizt, fast zynisch.

Im Hof – einem schönen, barocken Hof mit einem harmonischen Säulengang – erwartete sie schon das schwarze Auto. Man brauchte dem Beamten, der am Steuer saß, nicht zu sagen, wohin es ging; das wußten alle in diesem Gebäude, das mit dem Gesumme eines Bienenstockes erwachte. Wie viele Telefonate, fragte sich der Vize, mochten aus dem Gebäude bereits herausgegangen sein, um den Präsidenten von

dem Besuch zu unterrichten, den er jetzt empfangen würde? Der Präsident: Und es war nicht nötig, hinzuzufügen, der *Vereinigten Industrien,* denn er war der Präsident schlechthin in jener Stadt. Nur alle übrigen Präsidenten mußte man spezifizieren, den der Republik eingeschlossen.
Sie sprachen kein Wort während der halbstündigen Hetzjagd, und es war wirklich eine Jagd durch den Verkehr, der sich zu beleben begann. Der Chef erwog und verwarf, überlegte hin und her, was er dem Präsidenten zu sagen hatte und die Sorgen, die er sich machte, konnte man seinem Gesicht ablesen, wie Zahnschmerzen. Der Vize kannte ihn gut genug, um seinen Kummer Wort für Wort zu entziffern – samt aller Streichungen, Korrekturen und Verbesserungen, die dem Fall angemessen waren. Ein Palimpsest.
Sie erreichten die Villa. Der Beamte am Steuer (es widerstrebt mir plötzlich das Wort Fahrer zu gebrauchen, wobei ich bedauere, es früher gebraucht zu haben; warum kann man sich nicht wieder angewöhnen, wie in meiner Kindheit, *Chauffeur* zu sagen?) stieg aus, um ausdauernd und gebieterisch die Glocke der Pförtnerloge zu läuten. Der Zahnschmerz des Chefs brach sichtbar durch: Nicht so, mein Gott! Man kann so oder so. Aber er sagte nichts, denn er verstand die Macht der Gewohnheit.
Der Portier kam heraus, und der Chef nannte

nur seinen Namen. Das Wort *Polizei* nicht zu verwenden, erschien ihm die erste Rücksicht, die er dem Präsidenten schuldete, aber der Portier hatte ein gutes Auge und genug Erfahrung, um zu begreifen, daß er zwei Herren von der Polizei zu melden hatte. Es fiel ihm als Südländer nicht leicht, das Wort *Herren* zu gebrauchen, weshalb er es mit einer gewissen Verachtung aussprach. Er kehrte zurück, ohne etwas zu sagen, öffnete das Gitter und gab Zeichen, bis zur Villa zu fahren, die man am Ende einer baumbestandenen Allee in all ihrem Zauber liegen sah, wie ein Gedicht („wenn ein Bauwerk singt, ist es Architektur"[2]).

Alles in einem zerbrechlichen Rokoko, musikalisch, eben gesungen: Eingangssalon, Treppenhaus, Korridore, Bibliothek, Arbeitszimmer des Präsidenten.

Sie warteten kurz, dann kam der Präsident unhörbar hinter einem Vorhang hervor. Er trug einen bequemen Schlafrock, war aber schon rasiert und bereit, sich mit jener strengen und sicheren Eleganz anzukleiden, die die Modezeitschriften – die inzwischen vielen und keiner Mode mehr folgten – an ihm schätzten. Spürbar umwehte ihn der Verdruß, nicht pünktlich zur gewohnten Zeit wie jeden Morgen in beinahe

---

[2] Sciascia: („quando una costruzione canta, è architettura").

legendärer Weise das Haus verlassen zu können, um sich zum Hochhaus der *Vereinigten Industrie* zu begeben, wo er im allerobersten Stockwerk und fast auf Du und Du mit dem Himmel seine tagtäglichen und immer gerechten Entscheidungen fällen konnte, von denen der Wohlstand und der Reichtum des Landes abhing; wenngleich auf der einen Seite vom Elend, auf der anderen von der Pest bedroht.
„Wem verdanke ich das Vergnügen dieses ungewohnten Besuchs?" fragte der Präsident, wobei er die Hand des Chefs ausführlich, die des Vize aber nur flüchtig drückte. Das Wort *ungewohnt* betonte er so, daß es wie in kräftiger Kursivschrift Gestalt annahm.
Der Chef fuchtelte mit den Armen, und seinem Kopf entwich, wie Wasserstoff einem durchlöcherten Luftballon, alles das, was er sich an Worten zurechtgelegt hatte. Er sagte: „Sie kannten Rechtsanwalt Sandoz gut und ..."
„Wir sind Freunde", sagte der Präsident, „aber was das Kennen betrifft... Man kennt nicht einmal die eigenen Kinder gut, und im übrigen kennt man sich immer schlecht, sehr schlecht... Kurz und gut: Rechtsanwalt Sandoz ist mein Freund, wir treffen einander häufig und haben, wenn schon nicht gemeinsame, so doch benachbarte Interessen. Aber mir scheint, Sie sagten: *kannten*. Also..."

Chef und Vize wechselten einen raschen Blick des Einverständnisses. Sie waren daran gewöhnt, mißtrauisch zu sein, Verdacht zu schöpfen, Wortfallen aufzustellen oder auf Wörter zu achten, die zur Falle werden konnten, und sie waren überzeugt, daß der Präsident schon von Sandoz' Tod erfahren hatte. Es war ganz natürlich, daß auch in ihren Büros seine Handlanger saßen. Bemerkenswert war jedoch die Tatsache, daß er so tat, als wisse er von nichts. Doch der Chef verfolgte diesen Gedanken nicht weiter. Der Präsident war seinerseits daran gewöhnt, niemals einen seiner Informanten zu kompromittieren. Er sagte: „Leider ist Rechtsanwalt Sandoz nicht mehr am Leben. Er ist heute nacht ermordet worden, schätzungsweise nach Mitternacht."

„Ermordet?"

„Ermordet."

„Unglaublich... Ich habe ihn noch kurz vor Mitternacht gesehen. Wir haben uns am Ausgang des Restaurants verabschiedet. Die *Cecchia Cucina*... Ermordet! Aber warum, von wem?"

„Wenn wir das wüßten, wären wir nicht hier und brauchten Sie nicht zu belästigen."

„Unglaublich!" sagte der Präsident noch einmal, aber dann korrigierte er sich: „Wie man so sagt: unglaublich. In diesem unseren Land ist nichts mehr unglaublich. Es ist alles möglich... Ich..." Er kann sich nicht entscheiden, überlegte der Vize, ob er so tun soll, als ob er uns verabschieden wollte, oder ob er statt dessen zugeben soll, daß es noch ein paar Fragen gibt, auf die er antworten müßte. Der Präsident entschied sich für das Alsob, legte die Hände auf die Armlehnen seines Sessels und tat so, als wollte er aufstehen, um sie zu verabschieden. Das war unklug, denn der Chef, der seine Geste gewittert hatte, befreite sich jetzt, ohne es selbst zu bemerken, von der Verlegenheit, in der er sich bis zu diesem Moment befunden hatte. Wie stets, wenn er eine Vernehmung begann, setzte er sich auf seinem Sessel zurecht, wie um sich festzuschrauben, und in seiner Stimme schwang das gewohnheitsmäßige *Was immer du sagst, ich bin nicht hier, um dir zu glauben*. Die Attacke, die er sich zurechtgelegt hatte – „Wir kommen zu dieser unpassenden Stunde und bedauern, Sie belästigen zu müssen, um Sie etwas zu fragen, was möglicherweise nichts weiter bedeutet, aber genausogut ein Ausgangspunkt für unsere weiteren Ermittlungen sein kann, die, wohlverstanden, weder Sie betreffen noch Ihre Person..." – schoß los. Er sagte: „In einer Tasche von Rechtsanwalt Sandoz haben wir dieses Billett gefunden." Damit zog er aus der seinen ein kleines, elfenbeinfarbenes Kärt-

chen. „Auf der einen Seite steht, mit Schreibmaschine geschrieben, Ihr Name: *Ingenieur Cesare Aurispa, Präsident der V. I.;* auf der anderen, von Hand, *Ich bringe Dich um* ... Ein Tischkärtchen, das sieht man. Aber dieses *Ich bringe Dich um?*"
Der Präsident lächelte: Ironisch, bitter, nachsichtig. „Eine sofort in die Tat umgesetzte Drohung, glauben Sie. Und natürlich von mir."
Das professionelle Stirnrunzeln des Chefs verflüchtigte sich unverzüglich. Mit Bestürzung protestierte er: „Aber wo denken Sie hin? ... Um Himmels willen! ... Ich würde mir niemals erlauben, zu glauben ..."
„Aber nein", sagte der Präsident großzügig. „Sie dürfen es sich ruhig erlauben. Nur, daß es ein Irrtum wäre. Aber ein Mensch in Ihrer Position darf sich sogar in seine Irrtümer verlieben, sie züchten wie Blumen und sich ins Knopfloch stecken. Das ist normal. Ganz normal. Auf diese Weise werden manchmal die einfachsten Dinge verflixt kompliziert ... Sie haben richtig vermutet: Das Kärtchen stand an meinem Platz gestern abend bei dem Abendessen der städtischen Kulturvereinigung zu Ehren des Conte de Borsch, und dieses *Ich bringe Dich um* habe ich geschrieben. Ein Scherz zwischen mir und Sandoz, den ich Ihnen gleich erläutern werde ... Ich gab es einem der Kellner, der es zu Sandoz brachte, der an der anderen Seite des

Tisches saß, etwa fünf oder sechs Plätze von mir entfernt... Der Scherz war folgender: Wir gaben beide vor, der Signora De Matis den Hof zu machen, und da die Signora, wie schon bei früheren Essen der gleichen Art, neben ihn gesetzt worden war..."
„Sie gaben also vor, ihr den Hof zu machen." Der Chef ließ in einer unbedachten beruflichen Anwandlung eine Spur von Mißtrauen mitschwingen. Beleidigt und fast widerwillig fügte der Präsident hinzu: „Sie können mir glauben. Im übrigen brauchen Sie die Signora nur anzuschaun."
„Ich würde es nie wagen, zu zweifeln", sagte der Chef. Der Vize dachte: Du hast gezweifelt und zweifelst noch immer. Das ist deine, unsere Berufsehre. Er hatte sich vorgenommen nicht zu reden, ließ sich nun aber zu einer Frage verleiten, die er in die polizeiliche Form einer Feststellung, einer Behauptung kleidete: „Und Rechtsanwalt Sandoz antwortete Ihnen, indem er etwas auf seine eigene Tischkarte schrieb..."
Der Chef schaute ihn mißbilligend an, ebenso wie der Präsident, der seine Anwesenheit erst in diesem Augenblick wahrzunehmen schien. „Ja, er antwortete mir, er halte mit und nehme das Risiko auf sich; oder so ähnlich."
„Aber Sie haben das Kärtchen nicht aufgehoben."

„Ich habe es auf dem Tisch liegen lassen, vielleicht in den kleinen Metallständer gesteckt. In Form einer Blume, wenn ich mich recht erinnere."
„Der arme Sandoz dagegen hat sich das Kärtchen, das Sie ihm geschickt hatten, in die Tasche gesteckt; in Gedanken, ganz automatisch", sagte der Chef. Es gelang ihm nur schlecht, hinter der Unterwürfigkeit der Bemerkung seine Ungläubigkeit und seinen Verdacht zu verbergen.
„Ja, in Gedanken, automatisch", bestätigte der Präsident.
„Welch ein Problem", sagte der Chef.
„Sind Sie denn hergekommen, weil Sie dachten, ich wäre die Lösung?" fragte der Präsident: ironisch, verdrossen und fast böse.
„Aber nein, absolut nicht. Es war nur erforderlich, dieses Detail zu klären, aus dem Weg zu räumen, und das unverzüglich; um der Untersuchung, den Ermittlungen eine Richtung zu geben..."
„Aber haben Sie denn sonstige Anhaltspunkte, von denen Sie ausgehen können?"
„Im Moment keinen."
„Wenn es das ist, kann ich Ihnen vielleicht einen nennen, obwohl ich nicht glaube, daß Ihnen das weiterhilft." Er schwieg lange und überließ den Chef einer bangen Erwartung, die dem Vize etwas zu ausdrucksvoll vorkam, um echt zu sein. Auch das Gesicht des Präsidenten war extrem

ausdrucksvoll und spiegelte einerseits die Dinge, die er zu enthüllen versprochen hatte, andererseits seinen Kummer über die Geringfügigkeit dieser Enthüllungen. Und wirklich: „Es scheint mir übrigens nicht ein besonders stichhaltiger Anhaltspunkt zu sein, eher ein Scherz, und der arme Sandoz hat mir die Sache auch mehr als einen Scherz geschildert ..." (Noch einen Scherz, dachte der Vize, diese Leute machen nichts als Scherze.) „Erst gestern abend, als wir das Restaurant verließen, sagte er mir, daß er eine telefonische Drohung erhalten habe, vielleicht eine, vielleicht mehrere: Ich entsinne mich nicht genau – von seiten ... Lassen Sie mich nachdenken von wem, denn so, wie ich es im Moment in Erinnerung habe, kann es nicht sein. Von den *ragazzi del novantanove* ...[3] Nein, das kann nicht sein: die *ragazzi del novantanove* waren der Jahrgang, der im Jahr 1917 nach Caporetto[4] zum Militär eingezogen wurde: Der Piave murmelte leise[5] und so weiter ... Wer von

[3] Zu deutsch etwa: *Die jungen Männer des Jahrgangs neunundneunzig.*

[4] Ort in Slowenien im oberen Teil des Isonzo. 12. Isonzo-Schlacht, Oktober/November 1917, die mit einer vernichtenden Niederlage des italienischen Heeres endete.

[5] Piave: Fluß in Norditalien. „Il Piave mormorava ...", italienische Nationalhymne bis 1946, seither eine der „patriotischen Hymnen", zur Erinnerung an die Piave-Schlachten im Ersten Weltkrieg.

den Jungens noch lebt, ist mindestens neunzig Jahre alt. Außerdem wäre ein Rückgriff auf ein so patriotisches Ereignis heutzutage fast unmoralisch... Nein, nicht möglich... Lassen Sie mich nachdenken." Sie ließen ihn nachdenken, bis sein Antlitz von der wiedergefundenen Erinnerung erhellt wurde. „Ich hab's: die *ragazzi dell'ottantanove* glaube ich... Ja, '89... Aber nicht die *Jungen,* wenn ich mich richtig entsinne: *die Söhne* vielleicht, *die Kinder*...".
Der Chef kostete den Begriff „Die Kinder von '89", fand in ihm aber nur den bitteren Geschmack des Unverständlichen. „Neunundachtzig also; ausgerechnet die Kinder dieses Jahres: 1989."
Der Vize, der gegen Ende der Gedächtnisübungen des Präsidenten überlegt hatte, daß es einfacher wäre, sich des Jahres Neunundachtzig zu erinnern, von dem seit Neujahr noch nicht viele Tage vergangen waren, als des Jahres Neunundneunzig und der Schlacht am Piave, sagte plötzlich: „Eher schon 1789. Eine hübsche Idee."
Weder der Chef noch der Präsident fanden den Hinweis passend. „Sie denken immer an die Geschichte", sagte der Chef. Und der Präsident: „Welche Idee?"
„Die mit 1789. Wo kann man heute die Idee einer Revolution noch herleiten, wenn nicht von

jener? Man kann heute getrost zugeben, wie man einmal über ein bestimmtes Getränk zu sagen pflegte, es war die erste und bleibt die beste... Doch, ja, eine hübsche Idee."

„Hübsch würde ich nicht gerade sagen", sagte der Präsident und machte dazu eine Bewegung, als wollte er eine lästige Fliege verjagen.

„Ob 1989 oder 1789 werden wir später sehen", sagte der Chef, „und ich bin sogar sicher, daß wir es bald wissen werden... Was jetzt und hier wichtig wäre, damit Sie nicht noch mehr von Ihrer kostbaren Zeit verlieren, ist nur folgendes: Wir müßten genau wissen, was Ihnen der arme Rechtsanwalt Sandoz gestern abend über diese *figli dell'ottantanove* und ihre Drohungen anvertraut hat."

„Aber bitte, sprechen wir doch nicht von *anvertraut*. Er redete ganz unbekümmert, mit einer gewissen Leichtfertigkeit. Er glaubte, wie ich schon sagte, an einen Scherz."

„Aber das war es nicht", sagte der Chef, und in seiner Stimme kündigte sich eine unerwartete, bissige Zuneigung für die *figli dell'ottantanove* an. Wie ein Bluthund.

„Mehr kann ich Ihnen nicht sagen", sagte der Präsident und erhob sich. „Versuchen Sie mit den übrigen Freunden des armen Sandoz und seinen engeren Mitarbeitern zu sprechen."

„Und damit", sagte der Vize, „ist unser Präsident runter von der Bühne."
„Wollten Sie etwa, daß er oben bleibt?"
„Aber nein; ich bin nur neugierig."
„Lassen Sie es bleiben", sagte der Chef entschieden, mit Gereiztheit; und er fügte hinzu: „Ich kenne Ihre Neugier. Sie ist eine dermaßen subtile Angelegenheit, daß man sie kaum wahrnimmt."
„Ein Grund mehr, sie zu befriedigen."
„O nein! Ich sehe keinen Grund dafür, und kein vernünftiger Mensch wird ihn erkennen. Aber derjenige, der davon betroffen ist, würde es früher oder später bemerken, und das bringt nichts als Ärger, heillosen Ärger. Für den, der zu neugierig ist."
„Das verstehe ich", sagte der Vize. Seine Gedanken begannen etwas abzuschweifen. Der Schmerz hatte ihn wieder gepackt und schenkte ihm Farben, Bilder und vor allem Gedanken (wenngleich nicht wie in der Nacht, wenn er grenzenlos zu sein schien und jeden Punkt des Gehirns und des Universums erreichte). Er spürte ihn, wie die Bewegung einer langsamen Welle, die näher kam und sich wieder entfernte; grau und bleiern. Aber das Gespräch mit dem Präsidenten hatte ihn wirklich etwas abgelenkt und seinen Verdacht und seine Aufmerksamkeit geweckt. Er nahm die Unterhaltung mit

dem Chef wieder auf und sagte, um ihm zu schmeicheln: „Aber ich bin sicher, daß auch Sie wenigstens eine Neugier haben."

„Machen wir diese eine Ausnahme: Sie sagen mir Ihre Neugier und dann meine."

„Zu wissen, was genau auf dem Kärtchen stand, das Sandoz an Aurispa geschickt hat."

„Ja, darauf wäre ich vielleicht neugierig, aber nur persönlich, aus Kuriosität, die nichts mit den Ermittlungen zu tun hat, die vor uns liegen."

„Sind Sie neugierig oder nicht?"

„Ich gebe zu, ich bin es. Aber eine Ermittlung in dieser Richtung würde den Präsidenten beleidigen."

„Er war so unbestimmt, so oberflächlich, was die Antwort von Sandoz betrifft, die für uns immerhin, egal ob Scherz oder nicht, die letzte schriftliche Mitteilung eines Mannes wäre, der unmittelbar drauf ermordet wurde ... Ich meine, wir sind verpflichtet, dem nachzugehen; rein formal, der Ordnung halber. Um die Sache abzuschließen, gewissermaßen."

„Also gut, ich lasse Sie vor dem Restaurant aussteigen und schicke Ihnen zwei Leute, die Ihnen suchen helfen. Aber vergessen Sie nicht: Dieser Zettel hat nichts mit der Richtung unserer Ermittlungen zu tun."

„Sie haben schon eine Richtung?"

„Bald: sagen wir in ein, zwei Stunden."
„Mein Gott!" rief der Vize aus.
Dem Chef stand die Wut im Gesicht geschrieben, aber er beherrschte sich und schwieg feindselig. Später, als sie schon vor dem Restaurant *La nuova cucina* angelangt waren und der Vize aussteigen wollte, fragte er: „Was paßt Ihnen nicht an der Sache?"
„Die *figli dell'ottantanove.* Wenn Sie anfangen, davon zu sprechen, werden Sie den Erfolg feststellen: Von Paschino bis Domodossola werden sie sich zu Dutzenden melden."
„Ich werde nichts davon erzählen, sofern die Freunde und Mitarbeiter des Opfers die Sache nicht bestätigen und noch ein paar Einzelheiten dazu."
„Ich glaube, Sie werden die Bestätigung mit Einzelheiten bekommen."
„Ich habe Sie noch nie so optimistisch erlebt."
„Dabei war ich noch nie so pessimistisch."
„Ich bitte Sie", aber im Befehlston, „machen Sie mich nicht verrückt."
Der Vize vollführte eine Geste der Unterordnung und des Gehorsams. Dann ging er ins nächstgelegene Café, um den Besitzer des Restaurants anzurufen, daß er kommen und öffnen sollte, und um etwas zu trinken, während er wartete.
Der Morgen war von einer gläsernen Helle, wie

gefroren, und die Kälte stach eisig in die Knochen und Gelenke. Aber dieser mehr periphere Schmerz hatte auch die Kraft, den zentralen, tiefinneren Schmerz abzuschwächen oder zumindest diese Illusion zu erzeugen.
Er trank rasch hintereinander zwei Tassen starken Kaffee. Es hieß, der Kaffee steigere den Schmerz, aber ihm vermittelte er die Klarheit, um ihn zu ertragen. Er dachte an den Abfallkübel, den man ihm in Kürze auftischen würde. Die Wissenschaft von den Abfällen, die *garbage science*. Eine Parabel, eine Metapher: Wir sind auf den Müll gekommen. Sammeln ihn, wenden ihn um, lesen in ihm und suchen in ihm ein paar Reliquien der Wahrheit. Im Abfall. Ein Journalist hatte die Geheimnisse der geheimsten Politik in den Mülleimern von Henry Kissinger gesucht. Die amerikanische Polizei die Geheimnisse der sizilianisch-amerikanischen Mafia in denen von Joseph Bonanno. „Der Müll lügt nicht", war seither eine soziologische Regel geworden. Aber Bonannos Müll hatte den Polizisten Ehmann belogen: *Call Titone work and pay scannatore*. Ganz klar für Ehmann: Wenn *scannare* auf italienisch *abmurksen* bedeutete, ist ein *scannatore* ein Berufskiller. Er hätte wenigstens Martoglios[6] Komödie *L'aria del continente* nach

[6] Nino Martoglio, Komödiendichter und Regisseur, 1870–1921

einer Idee von Pirandello kennen müssen, um zu verstehen, welchen Minderwertigkeitskomplex der Sizilianer gegenüber seinem Dialekt entwickelt, sobald er mit der italienischen Sprache in Berührung kommt. Das Wort *scanaturi* war deshalb im Hause Bonanno mit *scannatore* ins Italienische übersetzt worden. Es handelte sich folglich einen Notizzettel, eine Gedächtnisstütze, um einen sizilianisch-amerikanischen Schreiner namens Titone anzurufen und eines der massiven Bretter aus kräftigem, gut geglättetem Holz zu bezahlen, auf denen die Frauen – einst in Sizilien und jetzt in Amerika – den Brotteig kneten und Tagliatelle, Lasagne, Focaccia und Pizza zubereiten. *Scanaturi:* „Gerät, um Nudelteig zu kneten", definierte der Jesuit Michele del Bono schon 1754. Aber hatte Bonanno das Wort wirklich naiverweise italienisiert oder hatte er Ehmann einen Scherz gespielt? Einen nützlichen Scherz?
Seltsam, dachte der Vize, mit welcher Häufigkeit in den letzten Stunden das Wort *Scherz* aufgetaucht war. Selbst das, was er seinem Chef hier antat, war nichts als ein Scherz. Er war sicher, in den Abfällen des gestrigen Abendessens kein Billett von Sandoz zu findet. Und tatsächlich, in zweistündiger Suche fanden sie nichts. *Der Müll lügt nicht.* In diesem Fall auf Grund von Abwesenheit. Beunruhigend aber

war ein anderer Gedanke: daß der Mensch sich umgeben von Abfällen zum Sterben anschickt.

Um den Chef nicht verrückt zu machen, nahm er schweigend an der Vernehmung der Freunde und Mitarbeiter des armen Sandoz teil (den arm zu nennen niemand ernstlich in den Sinn gekommen wäre, solange er lebte, denn er war reich gesegnet mit irdischen Gaben, Gütern, Frauen und Macht; und es war deshalb zweifelhaft, ob er wenige Stunden zuvor in den Himmel der Armen aufgenommen worden war). Die Zeugen bestätigten und schilderten eingehend. Ja, der arme Sandoz hatte von den Telefonaten der *figli dell'ottantanove* gesprochen, aber so, als ob es ein Scherz wäre, zumal der letzte Anrufer wie ein Kind geklungen hatte: dünne, unsichere Stimme, fast stammelnd. Auch über die anderen, vier oder fünf, hatte er Vermutungen angestellt, und es schien ihm, soweit er sich erinnerte, als seien es verschiedene Stimmen unterschiedlichen Alters gewesen. Alle verstellt, versteht sich; und vielleicht hatte immer dieselbe Person angerufen: beim ersten Mal mit alter Stimme und, immer jünger werdend, beim letzten Mal mit Kinderstimme. „Beim nächsten Mal", hatte der arme Sandoz zu seiner Sekretärin gesagt, „ruft mich wahrscheinlich ein Säugling an." Sie scherzten darüber, und der Sekretärin hatte er sogar gesagt, daß er schon wisse, wer ihm einen solchen Streich spielen könnte. *Figli dell'ottantanove:* was für ein komischer Einfall! Aber alle und Sandoz zuerst hätten an 1989 gedacht; an gerade geborene Revolutionäre und daher auch die ständig jünger werdende Stimme.

„Sie sehen", sagte der Chef, „Ihr 1789 können Sie vergessen."

„Mag sein", sagte der Vize.

„Ich bestreite nicht, daß Ihre Halsstarrigkeit zuweilen von gewissem Nutzen sein kann; aber momentan sollte man sie sich für eine passendere Gelegenheit aufheben."

„Ich denke nicht, daß es eine bessere Gelegenheit gibt als diese. Aber ich will Sie nicht verwirren und Sie nicht plagen."

„Plagen Sie mich ruhig."

„Nun gut: Ich glaube, daß dieser Scherz, nennen wir ihn weiterhin Scherz, dazu erdacht wurde, zwei zeitlich aufeinanderfolgende Theorien in die Welt zu setzen; zunächst sollte man annehmen, und das wollte vor allem Sandoz, solange er noch lebte, daß es sich tatsächlich um einen harmlosen, läppischen Scherz handelte; jetzt, nach Sandoz' Ermordung, will man uns weismachen, daß es sich eben nicht um einen Scherz handelt. Die erste Operation arbeitete mit der Jahreszahl 1989, das heißt, mit dem komischen Spiel, sich als Kinder einer soeben geborenen, beliebigen Revolution auszugeben, und sie bestand nur aus Worten. Die zweite ist eine echte Drohung, die sich mit der Ermordung von Sandoz zu realisieren beginnt und darin besteht, daß man an das Jahr 1789 anknüpft und seine Ruhmestaaten und Terrorakte zu erneuern versucht."

„Daß die beiden Scherze, wie Sie zu sagen belieben, etwas miteinander zu tun haben, damit bin ich einverstanden."

„Gut, aber es gibt einen Punkt, über den wir uns nicht einigen werden: daß auf der Welle der Feierlichkeiten dieser Revolution eine umstürzlerische Vereinigung entstanden sein soll, die zutiefst von deren Prinzipien überzeugt wäre und sich jetzt daran macht, Verbrechen zu begehen, um den damals gescheiterten Teil dieser Revolution wiederzubeleben, und daß wir nichts davon bemerkt haben sollen; denn das ist doch der Hintergedanke bei einer solchen Namensgebung *figli dell'ottantanove.* Eine solche Vereinigung gibt es nicht, aber man will den Eindruck erzeugen, daß es sie gibt: zur Tarnung und als Wahngebilde für völlig andere Ziele."

„Und wer hat Ihrer Meinung nach diese hübsche Idee gehabt?... Sie waren derjenige, der sie sofort *hübsch* genannt hat; eine Liebe auf den ersten Blick, ein *coup de foudre*", sagt der Chef mit fast hysterischer Ironie.

„Wer die Idee gehabt hat, weiß ich nicht, und ich glaube, wir werden es nie erfahren. Aber hübsch ist sie zweifelsohne, nach den Auswirkungen zu urteilen, die sie möglicherweise haben wird. Bedenken Sie: Welche Revolutionsfahne könnte man heute, da die rote inzwischen verschwunden ist, noch schwenken, um alle diejenigen zu verführen, die ein bißchen schwach im Geist sind, die sich langweilen, die sich berufen fühlen, für eine verlorene Sache zu kämpfen und sich zu opfern, oder für die Gewalttätigen, die ihre Instinkte veredeln wollen? Ganz zu schweigen davon, daß Ihre Überzeugung, es gebe die *figli dell'ottantanove* wirklich, so wie sie zu sein vorgeben, ein Erfolg ist, der beweist, wie hübsch die Idee war."

Der Chef wurde ernst, feierlich, gebieterisch und entschieden: „Hören Sie zu. Ich habe Sie gewähren lassen, was den Abfall betrifft, und damit Zeit verloren: Ihre, die zweier Leute und Gott weiß, wie sehr ich Sie hier gebraucht hätte..." Er seufzte tief, sein gewohntes, schmerzliches Seufzen über den Mangel an Personal und Sachmitteln.

„Verlorene Zeit würde ich nicht sagen. Das Kärtchen war, wie ich vorausgesehen hatte, nicht da."

„Um so schlimmer: Wir haben Zeit verloren, obwohl wir es vorher wußten... Jetzt hören Sie mir zu: Ich bin kein Kretin. Ich kann mir denken, worauf Sie hinauswollen und was Sie für

Absichten und Ziele haben, das heißt, wozu Sie mich veranlassen wollen, und ich sage Ihnen klipp und klar: nein. Und das nicht nur, weil ich kein Selbstmörder bin, sondern auch, weil mir Ihre Richtung zu literarisch ist, wie ein, sagen wir, klassischer Kriminalroman, wo der gewitzte Leser schon nach zwanzig Seiten erraten kann, wie die Sache enden wird ... Also keinen Roman, bitte. Lassen Sie uns den Fall mit Ruhe und Besonnenheit angehen, ohne Kurzschlußhandlungen, ohne Umwege und vor allem ohne Vorurteile und vorgefertigte Thesen ... Im übrigen landet die Sache sowieso beim Untersuchungsrichter, und wenn der eine Vorliebe für Romane hat, wie Sie, dann können Sie sich zusammentun und gemeinsam spekulieren. Ich wasche meine Hände in ... Außerdem möchte ich Sie darauf hinweisen, daß Sie mit all Ihrem Getüftel eine Hypothese außer acht gelassen haben, die ich aussichtsreich nennen würde: daß jemand, der bei dem Bankett anwesend war, das Spiel mit dem Kärtchen zwischen den beiden bemerkt und womöglich gesehen hat, wie Sandoz sich dieses *Ich bringe Dich um* in die Tasche gesteckt hat; vielleicht ist diesem Jemand die Idee gekommen, davon zu profitieren."

„Eine technisch richtige Vermutung, jedoch vom Wesen der Sache her, glaube ich, irrelevant."

„Man kann nie wissen. Überprüfen Sie. Lassen Sie sich von diesem Kulturverein die Gästeliste geben und schauen Sie nach, wer von den Eingeladenen, die neben Sandoz und dem Präsidenten saßen, Gelegenheit hatte, das Spiel zu beobachten. Und natürlich, wer von ihnen einen Grund hatte, Sandoz zu hassen. Aber ich bitte mir aus, keine übereilten Schlüsse, keinen Schritt, ohne mich zu unterrichten. Einverstanden?"

Ein Schauspieler, der mit Sandoz befreundet gewesen war, wurde dem Chef von einem Untergebenen, der sich erinnerte, sie gemeinsam auf einem Foto gesehen zu haben, als möglicher Urheber der telefonischen Späße signalisiert. Wenn Sandoz behauptet hatte, er wisse schon, von wem der Spaß ausgehe, warum sollte man dann nicht an jemanden denken, der die beruflichen Fähigkeiten dafür besaß? Er hatte einen gewissen Ruf beim Theater und im Kino, und der Chef erinnerte sich, ihn als Stimmenimitator gehört zu haben, vom gutturalen Catanesisch eines Musco[7] bis zur erhabenen Melodik eines Ruggero Ruggieri[8]. Ohne Überzeugung, denn er schwärmte inzwischen für die *figli dell' ottantanove,* ließ er ihn in ganz Italien suchen. Man fand ihn schließlich dort, wo man ihn gleich gefunden hätte, wenn man in den Morgenblättern die Seiten gelesen hätte, auf denen die Theaterprogramme stehen.
Der Schauspieler wurde, nachdem man ihm summarisch mitgeteilt hatte, warum er gesucht wurde, telefonisch vernommen, gab zu, Sandoz gekannt zu haben (ein Zugeständnis, das man ihm abringen mußte, wie jede Antwort auf eine

---

[7] Angelo Musco, sizilianischer Komödiant, wurde berühmt als Darsteller in Stücken von Pirandello und Martoglio, der für ihn u. a. die erwähnte Komödie „L'aria del continente" schrieb.
[8] Ruggero Ruggieri, 1871–1953, bekannter Pirandello-Darsteller.

polizeiliche Frage), aber nicht innig genug, um ihm einen Streich zu spielen; einen derart schwachsinnigen Streich noch dazu. Die Polizei und der Staatsanwalt, der die Ermittlungen übernommen hatte, sahen sich dadurch in der Auffassung bestätigt, daß zwischen den Anrufen der *figli dell'ottantanove* und dem Mord ein enger Zusammenhang bestand. Inzwischen hatte die Meldung von den *figli dell'ottantanove,* wie das stets geschieht, wenn die Ermittlungen von einer anderen Stelle übernommen werden, in den Zeitungen eingeschlagen. Und offensichtlich auf Grund der Jahreszahl 1989 sahen fast sämtliche Blätter darin eine eben entstandene, neue und andersartige Untergrundbewegung. Aber ein anonymer Anruf bei der größten Zeitung beschuldigte Polizei, Staatsanwaltschaft und Reporter der Dummheit und Blindheit und berief sich auf 1789. „Wir werden den Terror wieder aufnehmen", sagte der Anonymus und fügte hinzu, daß die Hinrichtung von Sandoz – leider nicht durch die Guillotine – nur ein erster Schritt gewesen sei. Ein anderer Telefonanruf präzisierte den Namen: *figli dell'ottantanove, Kommandoeinheit Saint-Just.*

„Sie hatten doch recht", sagte der Chef. Es kostete ihn einigen Stolz, aber er wollte für großzügig gehalten werden. Wie ein Chef, der seinem Stellvertreter recht gibt.

„Das ist nicht der entscheidende Punkt. Entscheidend ist, daß die *figli dell'ottantanove* erst jetzt geboren werden; aus Mythisierung, Langeweile, vielleicht auch aus Lust an der Konspiration und am Verbrechen. Aber sie existierten nicht eine Minute, bevor Radio, Fernsehen und Zeitungen die Nachricht brachten. Derjenige, der Sandoz umgebracht hat oder hat umbringen lassen, hat sie sich ausgedacht und darauf gehofft, daß es ihm zumindest gelingen werde, uns einzunebeln, oder daß vielleicht sogar irgendein Dummkopf seinem Appell nachkommen und sich als *figlio dell'ottantanove* bekennen würde."

„Da folge ich Ihnen nicht. In dieser Art von Roman kann ich Ihnen nicht folgen."

„Ich verstehe. Im übrigen wären wir, selbst wenn Sie mit mir einer Meinung wären, nur zu zweit."

Man hatte für Rechtsanwalt Sandoz Trauerbeflaggung und ein Staatsbegräbnis angeordnet, und wer hätte inzwischen noch den Mut besessen, dieses Opfer politischer Kriminalität, antidemokratischer Raserei und aufrührerischen Wahns in ein bescheideneres Grab zu senken?

„Es freut mich, daß Sie das einsehen. Wir wären nur zu zweit, vorausgesetzt, Ihr Roman besäße für mich irgendein Element der Glaubwürdigkeit."

„Wir könnten meinen Roman noch fortsetzen, denn wir stehen vor einem Problem, einem Dilemma: Sind die *figli dell'ottantanove* erfunden worden, um Sandoz umzubringen, oder wurde Sandoz ermordet, um die *figli dell'ottantanove* zu erschaffen?"

„Die Lösung überlasse ich Ihnen. Was mich und dieses Büro betrifft, so gehen wir von Daten und Fakten aus: Sandoz ist von diesen *figli dell'ottantanove* telefonisch bedroht worden; Sandoz ist ermordet worden; die *figli dell'ottantanove* haben sich zu dem Anschlag bekannt. Wir haben die Aufgabe, sie zu finden und, wie man zu sagen pflegt, der Justiz zu überstellen."

„Die *figli dell'ottantanove.*"

„Die *figli dell'ottantanove,* genau. Schauen Sie: Ich könnte mich, rein abstrakt, als Spiel oder als Literatur, für das erste der beiden Extreme Ihres Dilemmas erwärmen: daß die *figli dell'ottantanove* erfunden wurden, um Sandoz leichter ermorden zu können und uns die Aufgabe zu erschweren oder unmöglich zu machen, den oder die Schuldigen zu ermitteln. Aber was die Gegenfrage betrifft, ob Sandoz ermordet wurde, um die *figli dell'ottantanove* zu kreieren, das überlasse ich Ihnen. Und viel Vergnügen."

„Wir, Polizei und Carabinieri, haben in mehr als einem halben Jahrhundert so viele Kröten schlucken müssen, daß wir uns dieses kleine

Vergnügen getrost gönnen dürften; abgesehen davon, was ich persönlich in den knapp dreißig Jahren, die ich in dieser Behörde Dienst tue, schon alles geschluckt habe."

„Eine Kröte mehr oder weniger... Wenn Sie meinen, diese Angelegenheit sei eine weitere Kröte, die geschluckt werden muß, dann bereiten Sie sich vor, sie zu schlucken."

Er gehorchte nicht und gehorchte auch weiterhin nicht. In einem kleinen Salon des Hauses de Matis saß neben ihm die Signora. Vielleicht hatte sie sich an seine Seite gesetzt, weil sie so neugierig war, daß sie instinktiv annahm, die körperliche Nähe würde eine größere Vertraulichkeit zwischen ihnen erzeugen.
„Als der Portier mir sagte, ein Beamter der Polizei wolle mich sprechen, habe ich sofort gewußt, Sie wollen bestimmt etwas über die Billetts erfahren, die Sandoz und Aurispa an dem Abend vor drei Tagen ausgetauscht haben."
Sie hatte ein intelligentes Gesicht und herrliche Augen, in denen ein ironischer und amüsierter Ausdruck zu irrlichtern schien. Keinesfalls häßlich. Aurispa, der gesagt hatte, man brauche sie nur anzuschaun, um zu begreifen, daß der Wunsch, neben ihr zu sitzen, nichts als ein Scherz war, ein Vorwand, besaß offensichtlich keinen sehr feinen Geschmack für die weibliche Schönheit, wie ein Kunde, der beim Abwiegen nicht betrogen werden will.
Die Signora war mager, aber nicht unangenehm; eher konnte man sie grazil nennen, denn ihre Art, sich zu bewegen und ihre Gesten waren von einer schwebenden Leichtigkeit.
„Ich muß vorausschicken, daß ich Polizeibeamter bin, aber ich komme zu Ihnen rein privat und möchte nicht, daß die Sache publik wird."

„Sagen Sie mir die Wahrheit: Haben Sie ihn in Verdacht?“

„In Verdacht? Wen?“

„Ihn natürlich, Aurispa.“ Das ironische und amüsierte Leuchten in ihren Augen war jetzt wie in einen undefinierbaren blauen Glanz, ein undefinierbares Violett, getaucht.

„Nein, wir haben ihn nicht in Verdacht.“

„Es würde mir gefallen, wenn wenigstens ein Verdacht gegen ihn bestünde ...“

„Tatsächlich?“

„Ja, sehr! Ich hoffe, es passiert früher oder später. Es gibt so viele dunkle Geschichten, in denen er seine Hände hat!“

„Und warum möchten Sie es?“

„Ich könnte sagen: um der Gerechtigkeit willen; aber das wäre nicht ganz ehrlich. Ich mag ihn nicht, er ist mir unsympathisch. Er ist dermaßen kalt, daß ich das Gefühl habe, er existiert nur im Profil, wie auf einer Münze; auf den Geldstücken.“

„Nichts besonderes?“

„Nein, nichts. Oder doch. Etwas. Etwas Vages, Unbestimmbares. Aber ich lasse mich immer von vagen, unbestimmbaren Eindrücken leiten. Und ich irre mich nie, glauben Sie mir ... Aber ich sehe schon, Sie werden mir nichts verraten. Also schaun wir mal, ob es mir gelingt, etwas den Fragen zu entnehmen, die Sie mir stellen.“

Raffiniert, sehr raffiniert, dachte der Vize und empfand fast ein Gefühl der Panik. Er versuchte, Zeit zu gewinnen und seine Fragen zu säubern, um der Signora keine Gelegenheit zu geben, Verdacht zu schöpfen.

Er sagte: „Meine Fragen sind nicht einmal Fragen."

„Nur zu", ermunterte ihn die Signora mit wachsendem Vergnügen.

„Es handelt sich um eine normale, völlig normale Rekonstruktion der letzten Stunden von Rechtsanwalt Sandoz, zu der wir verpflichtet sind, selbst wenn wir, wie in diesem Fall, davon ausgehen müssen, daß sie unnötig ist."

„Normal, völlig normal; und unnötig", echote die Signora. Sie mußte an sich halten, nicht zu lachen, akzeptierte das Spiel jedoch mit Verständnis und ironischer Nachsicht. „Die Frage."

„Wie ich schon sagte, ist es nicht einmal eine Frage... Sie wissen, nehme ich an, daß die zwei in bezug auf Sie ein, sagen wir, galantes Spiel trieben. Herr Aurispa beklagte sich darüber, nicht neben Ihnen zu sitzen und tat so, als wäre er rasend eifersüchtig, weil Rechtsanwalt Sandoz binnen weniger Tage zweimal das Glück hatte, einen Platz an Ihrer Seite zu bekommen..."

„Das war mehr als zweimal der Fall. Ich begreife nicht, warum ich bei diesen schrecklichen of-

fiziellen Essen oder Versammlungen immer neben diesem Sandoz sitzen mußte, der mich langweilte. Und mich langweilte auch dieses Spiel der beiden, das Sie eine Galanterie nennen; es erboste mich richtig. Es kam mir vor, als wollten sie damit sagen: Die Ärmste, sie ist so alt und so häßlich, wir müssen sie ein bißchen trösten. Ich weiß selbst, daß ich nicht schön bin und erst recht, daß ich alt bin. Aber das ist kein Grund, daß diese zwei geistlosen Wesen es mir einen ganzen Abend lang vorhalten müssen."
„Aber nein, sagen Sie nicht so etwas." Der Vize heuchelte Widerspruch, denn er wußte von Aurispa, daß sich die Sache genau so zugetragen hatte, wic die Signora sie empfunden hatte.
„Fangen Sie nicht auch noch an, Komplimente zu machen."
„Das sind keine Komplimente. Sie sind – wenn Sie mir das gestatten: Ich sehe Sie zum ersten Mal, und ich glaube nicht, daß ich die Gelegenheit haben werde, Sie noch einmal zu treffen – Sie sind so strahlend ..." Das Wort war ihm unbedacht entschlüpft, fast so, als hätte er sich plötzlich verliebt. Aber der Schmerz machte sich mit noch größerer Heftigkeit bemerkbar und erinnerte ihn daran, daß es für ihn nur noch eine einzige Liebe geben konnte.
„Strahlend. Schön gesagt. Ich werde mich dran erinnern. Es gibt nicht mehr viele erfreuliche

Dinge in meinem Alter. Wissen Sie, daß ich fast fünfzig bin?... Aber kommen wir zurück zu Ihrer Frage."

„Gerne: Aurispa schrieb Sandoz ein Kärtchen, auf dem stand..."

„Ich bringe Dich um."

„Schrieb Sandoz seine Antwort auf das gleiche Kärtchen?"

„Aber nein, Aurispas Billett steckte er sich in die Tasche, nachdem er es mich hatte lesen lassen. Er wirkte fröhlich, wie ein Autographensammler, dem es endlich gelungen ist, eine seltene Handschrift zu bekommen. Er schrieb die Antwort auf sein eigenes Tischkärtchen, das vor ihm in einer Art Iris steckte, die zu silbern aussah, um aus Silber zu sein."

„Und was schrieb er auf sein Billett?"

„Das Merkwürdige ist, daß er es mich nicht hat lesen lassen, und ich war auch nicht so neugierig, ihm über die Schulter zu sehen, während er schrieb. Er langweilte mich. Mich langweilte ihr dummes Spiel..."

„Erinnern Sie sich, wer neben Aurispa saß? Zwei Damen vermutlich."

„Ja, er saß zwischen zwei Damen: die Zorni und die Siragusa. Aber da Signora Zorni rechts von ihm saß – schöne Frau übrigens; ein bißchen dumm, glaube ich; gerade so viel, wie die Mehrzahl der Männer braucht, um eine Schönheit für noch schön zu halten –, beschäftigte er sich mehr mit ihr als mit der anderen."

„Sahen Sie, wie das Billett bei ihm ankam?"

„Nicht richtig. Ich beobachtete Sandoz, der Aurispa mit einer Aufmerksamkeit ansah, die ich fast als ängstlich empfand ... Mir schien jedenfalls, er lauerte auf die Wirkung seiner Nachricht mit einem Interesse, das über die Albernheit ihres Spiels hinausging. Dann sah ich, wie er lächelte. Ich drehte mich um: Aurispa lächelte ebenfalls. Aber beide lächelten, wie soll ich sagen?, verbissen, bitter ... Dieses Sichanlächeln beeindruckte mich. Deshalb habe ich Sie gefragt, nachdem Sandoz einige Stunden später ermordet wurde, ob Sie einen Verdacht gegen Aurispa hätten."

„Nein, wir haben keinen."

„Sie sollten aber. Es ist kindisch, aber seit ich es zum ersten Mal gehört habe, verbinde ich das Wort Polizei mit dem Gedanken an Sauberkeit ... Ist die Polizei sauber?"

„So weit es geht."

„Und so weit es geht, wird Aurispa verdächtigt. Aber es geht nicht weit, nicht wahr?"

„Nicht sehr."

„Wenn Sie mir sagen, es geht nicht mehr weit, glaube ich, man könnte daraus folgern, es ginge gar nicht. Sie scheinen darunter zu leiden."

„Inzwischen leide ich unter vielen Dingen."

„Ich wüßte gerne, warum Sie Beamter bei der Polizei geworden sind."
„Das frage ich mich zuweilen selber, aber es ist mir nie gelungen, eine genaue Antwort zu finden. Manchmal finde ich edle, erhabene Antworten, wie ein Heldentenor; meistens sind die Antworten bescheidener: die Notwendigkeit des Lebens, der Zufall, die Bequemlichkeit..."
„Sie sind Sizilianer?"
„Ja, aber aus dem kalten Sizilien: aus einem kleinen Dorf im Landesinneren, in den Bergen, wo es im Winter lange Schnee gibt; oder ihn gab, in den letzten Jahren meiner Kindheit. Ein Sizilien, das sich hier niemand vorstellen kann. Ich habe in meinem ganzen Leben nicht so viel gefroren wie in diesem Dorf."
„Daran erinnere ich mich auch, an dieses kalte Sizilien. Wir fuhren zumeist im Sommer hin, aber ein paarmal auch zu Weihnachten. Meine Mutter war Sizilianerin. Ihre Eltern sind nie aus diesem Dorf rausgekommen, aus diesem großen Haus, das sie hatten, in dem es im Sommer kühl war und im Winter eiskalt. Sie sind dort gestorben, und auch meine Mutter ist dort gestorben; vor ihnen. Ein Verwandter schreibt mir jedes Jahr am 2. November, wenn er ihre Gräber besucht, über die Blumen und Lichter, mit denen er sie geschmückt hat. Es ist fast wie ein Vorwurf für mich, als ob es für die Korrektheit

der Gefühle darauf ankäme, daß meine Mutter dort sterben wollte. In Wahrheit verursacht mir auch dieser Wunsch meiner Mutter ein Gefühl des Unbehagens: Man kann einen Ort und seine Leute nicht in einem solchen Ausmaß lieben. Noch dazu einen Ort, an dem man gelitten hat, und Menschen, mit denen man nicht im geringsten übereinstimmt. Meine Mutter hat unter ihrem Leben dort immer gelitten; sie hat dagegen rebelliert und ist geflüchtet. Aber sie empfand zugleich eine Liebe, die über den Tod hinausging ... Und wissen Sie, was mir daran zu unbehaglich ist, wenn ich es recht bedenke? Es gibt Augenblicke, in denen ich mich dabei überrasche, wie ich einen Widerhall dieser ihrer Liebe, dieser ihrer Anhänglichkeit und ihres Wunsches, dort zu sterben, verspüre ... Aber vielleicht ist das nur eine Folge der Gewissensbisse, die mir ein Verwandter verursachen will."

„Ich weiß nicht, ob Sie die Zeilen von Lawrence über den *Mastro don Gesualdo* von Verga kennen. Er sagt da an einer Stelle: Doch Gesualdo ist Sizilianer, und dadurch entstehen die Schwierigkeiten ..."

„Die Schwierigkeiten ... Ja, vielleicht rühren meine Schwierigkeiten zu leben von dort her." Und sprunghaft, als wollte sie das Thema wechseln: „Sie lesen viel, nicht wahr? Ich nicht, und in letzter Zeit finde ich mehr Geschmack daran, die Sachen noch einmal zu lesen. Man entdeckt Dinge, die bei der ersten Lektüre nicht da waren ... Ich meine: nicht für mich ... Und wissen Sie, was ich wieder lese? *Die toten Seelen:* Es ist voller Dinge, die früher nicht drinstanden. Wer weiß, was ich alles entdecken werde, wenn ich es in zwanzig Jahren noch einmal lese ... Aber lassen wir die Bücher: Wir sprachen über die Gründe, warum Sie Polizeibeamter geworden sind."

„Vielleicht, weil das Verbrechen ein Teil von uns ist; um etwas mehr darüber zu erfahren."

„Ja, das ist wahr, das Verbrechen ist ein Teil von uns; aber manch einer ist auch ein Teil des Verbrechens."

Die Signora Zorni war tatsächlich schön bis zur faden Vollkommenheit; und von einer Geschwätzigkeit, die dieser Vollkommenheit entsprach: ein abstraktes Schweben, den Kopf in die Luft, in den blauesten und unerreichbarsten Himmeln der Gedankenlosigkeit, die himmlisch und auch tiefgründig sein kann. Die intelligenten Männer fühlen das und fürchten ihren Reiz. Sie schien nie zu begreifen, was man sie fragte, und doch mußte der Sinn der Fragen sich in irgendeinem Winkel ihres hübschen Kopfes einnisten, denn gelegentlich konnte man sich mosaikartig eine Antwort zusammensetzen, so wie man sich aus einem Häufchen verschiedenfarbiger Steinchen die passenden heraussucht. Eine Aufgabe, der sich der Vize unterzog und der auch wir uns unterziehen wollen; und wenn darunter das Porträt der Dame leidet, so dient es vielleicht der Erzählung.

Ja, sie wußte von dem Spiel aus Mitleid und Spott, das die beiden mit der Signora De Matis trieben. Der Präsident hatte ihr davon erzählt. Sie hatte gesehen, wie der Präsident sein *Ich bringe Dich um* schrieb, und sie lachten darüber; auch wenn ihr, darauf legte sie Wert, die Signora De Matis nicht so häßlich erschien: sie fand, daß sie sogar einen gewissen Reiz besaß. Und sie hatte auch das Billett mit der Antwort von Rechtsanwalt Sandoz gelesen.

„Erinnern Sie sich daran?"
„Gewiß erinnere ich mich; ich habe auch ein gutes Gedächtnis." Das *auch* besagte, wie sehr ihr bewußt war, schön zu sein. „Sie bestand aus zwei Versen."
„Verse?"
„Es waren zwei kurze Zeilen, wie Verse geschrieben, die sich reimten. Sie wirkten wie aus einem Liedchen, und man hätte sie singen können." Sie sang eine verschwommene Melodie aus einem Lied, das vor Jahren beliebt gewesen war: „Lo so che tenterai. Ma ci riuscirai?"[10]
Der Vize jubelte innerlich, aber er sagte ruhig: „Der Präsident las das Billett und gab es Ihnen zu lesen ..."
„Nein, er gab es mir nicht zu lesen; ich habe es gelesen, während er es las. Dann steckte er es in die Tasche."
„Sind Sie sicher, daß er es in die Tasche steckte?"
„Ganz sicher." Ihr Gesicht zeigte Besorgnis: „Sagt er, er hätte es nicht eingesteckt?"
„Wären Sie in diesem Fall immer noch so sicher?"; um sie einen Moment zu verunsichern und ein wenig an der Makellosigkeit dieser Statue zu kratzen, die man unbeschädigt ausgegraben hatte.

---

10 „Ich weiß, Du wirst es versuchen. Doch wird es Dir auch gelingen?"

„Er ist ein so untadeliger Ehrenmann, daß ich mir nicht ganz sicher wäre."
„Sie können auch weiterhin sicher sein: Der Präsident hat ausgesagt, das Kärtchen ohne darauf zu achten in die Tasche gesteckt zu haben. Nur daß er es später genauso unachtsam fortgeworfen hat."
Die Signora seufzte erleichtert, und die Situation belebte sich einen Moment lang. Der Vize fand, daß sie so dumm nicht sein konnte, wenn man berücksichtigte, was die Mehrheit der Italiener für dumm hielt, wenn es darum ging, zu reden oder zu schweigen.
Der Vize verließ das Haus Zorni mit einem Gefühl der Benommenheit. Dieses Herausfiltern präziser Antworten aus einem Wortschwall, der Ähnlichkeit mit der Fontana di Trevi hatte – Kaskaden und Kaskädchen, Wasserschleier und Gerinnsel – hatte ihn angestrengt, so daß er sich müde und benommen fühlte. Sogar der Schmerz war wie betäubt, weniger scharf und statt dessen stumm und abgeflacht. Merkwürdig, wie der Schmerz, auch wenn er beständige und, was schlimm genug ist, unveränderliche Ursachen hat, stärker oder schwächer werden und seine Intensität und Qualität ändern kann, je nach den Umständen und Begegnungen.
Er schlenderte durch die Laubengänge des Platzes und dachte an das Billett, die Verse des

Liedchens; an die Signora Zorni, die wunderschön und jung war, und einen geschmeidigen, ebenmäßigen Körper besaß. Doch wieviel schöner und begehrenswerter war – zuweilen durchlief ein Hauch von Begehren seinen Schmerz – die Signora De Matis mit ihren fünfzig Jahren.
Ihm gefielen die Laubengänge, das müßige Schlendern. Auf der Insel, wo er geboren war, gab es keine Stadt, die so etwas hatte. Die Bögen machen den Himmel schöner, sagt der Dichter. Machen Laubengänge die Städte zivilisierter? Nicht, daß er das Land, wo er geboren war, nicht geliebt hätte. Aber alles, was dort bedrükkender und tragischer Alltag war, verursachte ihm eine Art Groll. Und da er seit Jahren nicht mehr dorthin zurückkehrte, suchte er es jenseits dessen, was geschah, in der Erinnerung, mit einer Zuneigung für etwas, das es nicht mehr gab. Illusionen und Verklärungen eines Emigranten, eines Verbannten.
Man mußte den Ungehorsam bis zum äußersten treiben. Er war mit Signora Zorni ein Risiko eingegangen, und die Folgen würden sich früher oder später zeigen. Er hatte zwar, indem er vermied, ihr Stillschweigen zu empfehlen – eine Empfehlung, die in jedermann, vor allem aber in Menschen wie ihr, das unstillbare Bedürfnis provoziert, sie nicht zu befolgen – alles mögliche getan, um den Eindruck zu erwecken,

daß es sich um eine rein formale und überflüssige Untersuchung handelte, die selbst für den, der sie durchführte, lästig war. Doch undenkbar, daß sie ein so labiles Gedächtnis hatte, die Sache zu vergessen, und wenn sie sich daran erinnerte, daß sie der Versuchung widerstehen würde, einer, zwei oder drei Freundinnen davon zu berichten; und daß die Nachricht nicht von Freundin zu Freundin, zum Präsidenten, vom Präsidenten zum Chef oder jemand, der noch höher stand als der Chef, gelangte. Bei der Signora De Matis dagegen, nein, keine Gefahr: Zwischen ihnen hatte sich eine Sympathie entwickelt; fast eine Komplizenschaft.
Nach dem, was er über den Austausch der Tischkarten gehört hatte, war er zu einer Frage gelangt, die nur eine Person mit Sicherheit beantworten konnte.
Reisebüro Kublai: Doktor Giovanni Rieti; er hatte nie erfahren, welches Doktorat. Eine alte Bekanntschaft, vielleicht konnte man sogar Freundschaft sagen: wegen einer Geschichte, die auf menschlicher Großmut beruhte. Sie hatte 1939 mit ihren Vätern begonnen: dem Vater des Vize, Standesbeamter in einem kleinen sizilianischen Ort, wo Doktor Rietis Vater, ein Jude, zufällig zur Welt gekommen war. Doktor Rietis Vater kam von Rom in dieses Rathaus gestürzt, um nachzuforschen, ob sich in seinem Fami-

lienregister ein Anhaltspunkt finden ließ, der bewies, daß man ihn nicht eigentlich als Jude betrachten konnte. Und da es keinen gab, stellten sie einen her: der Standesbeamte, der Bürgermeister, der Gemeindepfarrer und die Ortspolizei. Alles Faschisten, das Mitgliedsbuch in der Tasche und das Abzeichen im Knopfloch; und der Gemeindepfarrer besaß zwar kein Mitgliedsbuch und kein Abzeichen, war aber vom Gefühl her Faschist. Aber alle der Meinung, daß man Herrn Rieti, seine Familie und seine Kinder nicht einem Gesetz überlassen dürfe, das ihn ruinieren wollte. So fälschten sie, dem Buchstaben nach, die Unterlagen, denn es bedeutete ihnen nichts, daß ein Mann Jude war, wenn er sich in Gefahr befand und verzweifelt war. (Was für ein großartiges Land war Italien in diesen Dingen, und vielleicht ist es das noch immer!)
Seither hatte man nichts mehr von der Familie Rieti gehört, und obwohl der Fall zu den Geschichten gehörte, die sich in seinen ersten zehn Lebensjahren ereignet hatten und die haften geblieben waren, hatte er sogar jenen Namen vergessen. Doch eines Abends wurde ihm bei einem Empfang der Präfektur jener Stadt, in der er inzwischen seit Jahren lebte, ein Doktor Rieti vorgestellt, der ihn, als er seinen Namen gehört hatte, fragte, ob er Sizilianer sei, aus dem besag-

ten Ort stamme und verwandt mit jenem Standesbeamten sei. Es war wie ein Wiedersehen. Sie hatten sich danach öfter und mit einer gewissen Häufigkeit getroffen. Doch eines Tages hatte der Chef ihm mit viel Takt und unausgesprochenen Worten geraten, sich nicht zu häufig in Begleitung dieses Doktor Rieti zu zeigen. Und indem er weiterhin mehr verschwieg als er aussprach, gab er dem Vize zu verstehen, daß eine Behörde, die man andernorts und früher als *intelligent* zu bezeichnen pflegte, ihm den Rat gegeben habe, dem Vize davon abzuraten, mit Rieti zu verkehren. Und wenn man diese Behörde hier und heute auch nicht mehr intelligent nennen konnte, so wußte sie doch einiges und immerhin soviel – das war der *Clou* der Ansprache des Chefs –, nämlich, „daß sie sich kannten". Es war das Maximum an Leistung, zu dem diese Intelligenzen aller Länder fähig waren. Und da sie mit ihm bekannt waren, kannten sie folglich den Doktor Rieti. Ihnen war es erlaubt, mit ihm vertraulichen Umgang zu pflegen, jedem anderen Staatsbeamten dagegen war davon abzuraten, vor allem wenn er bei der Polizei war.

Der Vize hatte sich weiterhin häufig mit Doktor Rieti getroffen, wenngleich mit größerer Vorsicht und ohne die Aperitifs in der Bar und die Abendessen im Restaurant, denn der Verdacht einer geheimdienstlichen Tätigkeit Rietis lag nahe. Im Reisebüro tat er nichts, war jedoch ungewöhnlich gut informiert über ökologische und finanzielle Machenschaften, Rivalitäten innerhalb der politischen Parteien, die Entstehung und den Zerfall von Allianzen, Angelegenheiten des Kirchenstaates und Angelegenheiten des Terrorismus.

Aus Gründen der Krankheit und der Arbeit, die wegen seines Leidens immer langwieriger wurde und ihm zunehmend schwerer fiel, hatte der Vize ihn seit mindestens zwei Monaten nicht mehr gesehen. Aber er wurde mit angenehmer Herzlichkeit begrüßt, und Doktor Rieti freute sich, ihn bei guter Gesundheit zu sehen. „Ich habe gehört, daß Sie krank waren; jemand aus Ihrem Büro erzählte mir neulich abends davon. Aber wie ich sehe, geht es Ihnen wieder besser. Ein bißchen abgemagert freilich; aber man sagt ja, es sei eine große Wohltat, abzunehmen."

„Sie scheinen nicht recht daran zu glauben."

„Das gebe ich zu. Wenn ich mir ansehe, was meine Familie und meine Bekannten anstellen, um abzunehmen und die Folgeerscheinungen betrachte, habe ich den Eindruck, daß die Erfinder von Abmagerungskuren und die Diätwissenschaftler auf eine Stufe mit Drogenhändlern zu stellen sind... Unter was für einer Erkrankung haben Sie gelitten, genau gesagt?"

„Genau gesagt unter einem Leiden, wegen dem ich eine Kobalt-Therapie oder etwas Ähnliches machen mußte."

„Ich hätte nicht gedacht, daß es so schlimm wäre."

„Schlimmer: Ich sterbe." Er sagte das mit solcher Heiterkeit, daß dem anderen die Worte im Hals stecken blieben, weil sie unaufrichtig geklungen hätten. Halblaut sagte er nur ein „mein Gott". Dann, nach langem Schweigen: „Und eine Therapie..."

„Ich möchte nicht mit den religiösen Tröstungen der Wissenschaft sterben, denn ich bin nicht nur genauso religiös, wie andere, sondern entsetzlich viel mehr. Wenn ich jemals das Gefühl haben sollte, einen Trost zu brauchen, würde ich auf den althergebrachten zurückgreifen. Dieses Gefühl würde mir sogar gefallen, aber leider habe ich es nicht." Und mit Leichtigkeit, fast fröhlich: „Haben Sie gelesen? In diesem Land kann man sich wirklich nicht langweilen: Jetzt sind wir bei den *figli dell'ottantanove* angelangt."

„Tja, die *figli dell'ottantanove.*" Ironisch, bösartig.

„Was halten Sie davon?"

„Mir scheint, die Geschichte ist auf Luft gebaut, ein Phantasiegebilde. Und Ihnen?"

„Mir auch."

„Es freut mich, daß Sie meiner Auffassung sind. Aber nach den Zeitungen zu urteilen, scheint es, als würde Ihr Büro sie ernst nehmen."
„Ja, gewiß: wollen Sie, daß man sich eine so hübsche Erfindung entgehen läßt?"
„Ich glaube auch, daß sie ein Kalkül sind, am grünen Tisch erfunden; als Spielmaterial... Was sollen sie auch machen, die Unglückseligen, die armen Hitzköpfe, die nach Mao und Chruschtschow und Fidel Castro noch an etwas glauben wollen? Noch dazu jetzt mit Gorbatschow. Irgendeinen alten Brotfladen mußte man ihnen halt hinwerfen: schön aufgewärmt im Ofen, locker und duftend nach Feierlichkeiten, Wiederentdeckungen und Umwertungen, aus der Distanz von zweihundert Jahren. Aber innen drin natürlich der übliche Wetzstein, damit sie sich die Zähne ausbeißen."
So war es immer mit Rieti: einer Meinung in der Bewertung der Fakten, in der Interpretation, in der Auffindung ihrer Ursachen und Wirkungen. Und oftmals sprachen sie über die Dinge nur nebenbei, in Andeutungen, Parabeln und Metaphern. Es war, als befänden sich in ihren Köpfen die gleichen Kreisläufe und die gleichen logischen Prozesse. Computer des Mißtrauens, des Verdachts, des Pessimismus. Juden und Sizilianer: eine atavistische Ähnlichkeit der Lebensumstände, der Energien, der Defensive

und des Schmerzens. Ein Toskaner des sechzehnten Jahrhunderts sagte einmal, die Sizilianer besäßen einen trockenen Intellekt. Genau wie die Juden. Aber nun hatte sich ein Krieg in sie eingeschlichen: kein gewöhnlicher Krieg, doch ein Krieg.

„Ich möchte Ihnen, zum ersten Mal seit wir uns kennen, eine ganz präzise Frage stellen", womit er andeutete, daß er genau über die eigentliche, verborgene Tätigkeit Doktor Rietis Bescheid wußte: „Was für Beziehungen bestanden zwischen Sandoz und Aurispa?"

„Sie haßten sich."

„Warum?"

„An welchem Punkt ihre gegenseitige Feindschaft begonnen haben könnte, weiß ich nicht, und es wäre auch schwierig herauszufinden, da sie, soweit ich gehört habe, Schulkameraden waren. Aber ich weiß, daß sie sich hingebungsvoll damit beschäftigten, sich gegenseitig die Geschäfte kaputt zu machen, wobei sie scheinbar immer freundschaftliche Beziehungen wahrten. Sandoz war weniger erfolgreich als Aurispa und verlegte sich, da er sich mit der Niederlage nicht abfinden mochte, auf die Schiene der Erpressung. Aber auch hier erzielte er wenig Wirkung. Der Traum seines Lebens war nur noch ein Haftbefehl gegen Aurispa, vielleicht einen von der Art, die nach ein paar

Monaten wegen fehlender Beweise aufgehoben werden. Aber es war eben nur ein Traum."
„Und mit welchem Argument erpreßte er ihn?"
„Ich glaube, das einzige nicht ganz unerhebliche war eine gewaltige Bestechung mit anschließendem Betrug zum Nachteil des Staates, den Aurispa begangen hatte und für den Sandoz Beweise besaß oder zu besitzen glaubte. Aber ich glaube nicht, daß er sich dazu entschlossen hätte, ihn anzuzeigen, denn das hätte Reaktionen der gleichen Art zur Folge gehabt, die er gewiß nicht unbeschadet überstanden hätte. Aurispa hatte lediglich zu befürchten, daß Sandoz verrückt spielte, denn in normalem Zustand hätte er niemals an dieser Säule gerückt, schon weil die Gefahr bestand, daß auch sein Tempel einstürzte – ihrer aller Tempel; der Tempel aller Italiener, die etwas zu sagen haben... Andere Erpressungsgründe waren privater Natur und mindestens dreißig Jahre her. Frauen, Kokain: wen beeindruckt das heutzutage noch?"
„Und ihre Geschäfte?"
„Der Krieg. Jede Art von Krieg. Es gibt genug davon auf der Welt: Mit Waffen, mit Gift. Und es wird viel damit verdient!"
„Wenn ich richtig verstehe, glauben Sie nicht, daß der Mord an Sandoz von Aurispa in Auftrag gegeben wurde. Oder besser gesagt: daß

die Bedrohung, die von Sandoz ausging, seine Erpressungen, ein hinreichendes Motiv darstellten, ihn zu beseitigen."
„Genau."
„Dann andere Gründe."
„Sie haben das richtige Wort gebraucht: hinreichend. Sandoz' Drohungen waren kein hinreichendes Motiv für eine Entscheidung Aurispas, ihn sich vom Hals zu schaffen. Aber wenn in einer bestimmten Sache die Notwendigkeit bestand, ein Projekt durchzuführen, das nicht unbedingt die Beseitigung von Sandoz erforderte, dann bot sich vielleicht auch die Gelegenheit, wie das Sprichwort sagt, zwei Fliegen mit einer Klappe zu schlagen."
„Sie meinen, das Opfer konnte auch jemand anders sein als Sandoz, der genauso geeignet war; aber da Sandoz etwas lästiger war als andere denkbare Opfer, fiel die Entscheidung auf ihn."
„Genau."
„Das ist auch meine Meinung. Ich habe nach der Vernehmung Aurispas zu meinem Chef, der mein Dilemma allerdings nicht im geringsten ernst genommen hat, sofort gesagt: die Frage ist, ob die *figli dell'ottantanove* erfunden wurden, um Sandoz zu ermorden, oder ob Sandoz ermordet wurde, um die *figli dell'ottantanove* zu erfinden. Ich bin heute geneigt, sie in diesem Sinne zu beantworten, wie Sie sagen; daß man

mit einer Reise zwei Ziele erreichen wollte: Vor allem aber, um die *figli dell'ottantanove* zu erschaffen ... Aber warum?"

„Ich würde sagen, wir kennen das Warum, ohne es zu wissen, auf Grund einer alten Erfahrung[11] und einer weniger alten bösen Erinnerung ... In unserer Kindheit haben wir, ohne sie wirklich zu erkennen, eine Macht zu spüren bekommen, die man heute als gänzlich kriminell bezeichnen könnte. Eine Macht, über die man in paradoxer Weise auch sagen könnte, daß sie heil und bei guter Gesundheit war; wohlverstanden: immer im Sinne von verbrecherisch und verglichen mit der schizophrenen Macht von heute. Die Kriminalität dieser Macht bestand vorwiegend darin, keine andere als die eigene zuzulassen, sich der eigenen zu rühmen und sie ästhetisch zu verbrämen ... Unnötig zu sagen, daß ich die Schizophrenie der guten Gesundheit vorziehe; und ich glaube, Sie ebenfalls.

---

[11] Anspielung auf H. M. Enzensbergers Essay „Reflexionen vor einem Glaskasten" in „Politik und Verbrechen", Frankfurt/Main 1964, mit dem sich Sciascia bereits in seinem Essay „Breve storia del romanzo poliziesco" beschäftigt. Die entsprechende Passage bei Enzensberger lautet wörtlich: „Zwischen Mord und Politik besteht ein alter, enger und dunkler Zusammenhang. Er ist in der Grundstruktur aller bisherigen Herrschaft aufbewahrt: Sie wird von demjenigen ausgeübt, der die Beherrschten töten lassen kann. Der Machthaber ist der Überlebende."
d. Ü.

Aber man muß sich dieser Schizophrenie bewußt sein, um bestimmte Dinge zu erklären, die sonst unerklärlich sind. So wie man sich der Dummheit, der reinsten Dummheit bewußt sein muß, die sich bisweilen in sie hineindrängt und sie überlagert... Es gibt eine sichtbare, namentlich benennbare und aufzählbare Macht; und es gibt eine zweite ohne Zahl, ohne Namen, die unter Wasser schwimmt. Die sichtbare bekämpft die unter Wasser und das vor allem in den Momenten, in denen sie sich erlaubt, kräftig aufzutauchen; das heißt gewalttätig und blutig. Aber entscheidend ist, daß die sichtbare Macht sie braucht... Ich hoffe, Sie verzeihen mir dieses philosophische Kleingeld. Ich habe keine andere Philosophie, was die Macht betrifft."

„Man könnte also den Verdacht haben, es gäbe eine geheime Verfassung, deren erster Artikel lautet: Die Sicherheit der Macht gründet sich auf die Unsicherheit der Bürger."

„Sämtlicher Bürger, um genau zu sein: auch derer, die Unsicherheit verbreiten und sich selber in Sicherheit wiegen... Das ist die Dummheit, von der ich sprach."

„Dann ist das ganze also eine *Sottie*... Aber kehren wir zu unserem Anlaß zurück. Die Zeitungen haben zwar nicht darüber berichtet, aber Sie wissen sicher von den Billetts, die Aurispa und Sandoz auf dem Bankett gewissermaßen zum Spaß ausgetauscht haben... Was halten Sie davon?"

„Ich halte es für einen Vorfall, den man nicht übersehen sollte, aus dem man aber, glaube ich, im Augenblick keine brauchbaren Schlüsse ziehen kann. Eine wirklich zweideutige Sache, die man nur richtig einschätzen kann, wenn man die Rolle ermittelt, die Aurispa in der Angelegenheit spielt... Ist er Protagonist, an der Spitze, mag er sich ausgerechnet haben, daß er durch das Spiel mit diesen beiden Billetts als Verdächtiger sofort ausscheiden würde, wie es tatsächlich der Fall war. Ist er dagegen nur eine Hilfsfigur, kann man sich auch denken, er war über den Zeitpunkt der Aktion nicht unterrichtet und dieses Spiel daher für einen Zufall, für ein zufälliges und im Endeffekt glückliches Zusammentreffen, halten."

„Ich würde die These vertreten, daß er an der Spitze steht."

„Mag sein, mag sein...", sagte Rieti, aber wie aus Höflichkeit. Offensichtlich wußte er einiges mehr oder glaubte es zu wissen. Aber es empfahl sich nicht, an diesem Punkt zu insistieren; deshalb: „Eine Frage noch, vielleicht die indiskreteste, die ich Ihnen stellen kann: hatten Sie in Ihrer, sagen wir, Funktion, auf Grund Ihrer Aufgaben" (keine Andeutungen mehr: es war die

Stunde der Wahrheit, auch für ihre Bekanntschaft oder Freundschaft) „bis gestern jedenfalls, mehr Interesse für die Geschäfte von Sandoz oder die von Aurispa?“
„Für die Geschäfte von beiden, leider; aber mehr für die von Sandoz; bis gestern, wie Sie sagten“: mit einem Ausdruck, in dem der Widerwille vor diesen Geschäften vielleicht auch Widerwille vor sich selbst war.

Das Gebäude summte wieder einmal wie ein Bienenstock, als er zurückkam. Ein *figlio dell'ottantanove* war verhaftet worden, während er telefonierte. Einer jener Vorfälle, die ans Unwahrscheinliche grenzen. Ein Taubstummer, der auf einer Bank in einem öffentlichen Park am Stadtrand saß, betrachtete eine Telefonzelle, die drei oder vier Meter entfernt von ihm stand. In der Zelle befand sich ein Jüngling, der sich fortgesetzt im Halbkreis um sich selber drehte und nervös war. Für jeden anderen wäre es so gewesen, als betrachtete man einen Fisch in einem Aquarium, doch nicht für einen Taubstummen, der es gewohnt ist, das lautlose Erscheinen der Worte auf den Lippen zu lesen. Er las deshalb auf den Lippen des Jungen an die zehn Male *figli dell'ottantanove* und noch öfter die Worte *rivoluzione e virtú*[12]. Der Taubstumme hatte eine Zeitung bei sich, in der von eben diesen *figli dell'ottantanove* die Rede war und in der Tasche einen Füllfederhalter mit breiter Feder und zinnoberroter Tinte. Auf die Zeitung schrieb er „figli dell'ottantanove, Telefonzelle" und ging einen Wachtmeister suchen. Er fand einen Ortspolizisten, der an der Seite zwar eine Pistole hängen hatte, im übrigen aber für die Operation denkbar ungeeignet war. Der Polizist erschrak,

---

[12] Revolution und Tugend.

als er den Text las, versuchte, ihn als Unfug abzutun, einen Witz darüber zu machen und den Taubstummen mit einem Backenstüber fortzuschicken. Doch der gab nicht nach, vollführte aufgeregte und dramatische Gesten, und so ließ der Wachmann sich schließlich zu der Telefonzelle führen.

Der Junge war noch da und redete. er war eben dabei, der Telefonzentrale einer Zeitung, die man vorsorglich angewiesen hatte, derartigen Anrufen ausführlich Gehör zu schenken, ein Kapitel aus *Die Französische Revolution* von Mathiez zum Besten zu geben, das er gerade gelesen hatte. Er war zwar nervös, fühlte sich jedoch sicher, denn soweit er wußte, war es der Polizei noch nie gelungen, einen Anrufer festzunehmen, der an terroristischen Straftaten und Menschenraub beteiligt war, so lange das Telefongespräch auch dauern mochte. Der Polizist wartete hinter einem Magnolienbaum, bis das Telefonat beendet war, dann schlich er sich unhörbar von hinten an und drückte dem Jungen die Pistole kräftig in die Nierengegend, damit er sie unmißverständlich spürte. Zum Glück für den *figlio dell'ottantanove* und sich selbst hatte er vergessen, sie zu entsichern. Und so geleitete er ihn, gefolgt von dem Taubstummen, zum nächstgelegenen Polizeirevier, das jedoch nicht sonderlich nahegelegen war, so daß er der

Menschenmenge, die sich hinter ihnen ansammelte und noch vor Erreichen des Ziels eine Prozession bildete, mehrfach erläutern mußte, daß es sich um einen mutmaßlichen *figlio dell'ottantanove* handelte. Dieses *mutmaßlich* vergaß er nie zu erwähnen, obwohl es, wie jeder weiß, im herrschenden journalistischen Sprachgebrauch ein Synonym für bewiesene Schuld ist. Er brach in kalten Angstschweiß aus, als er das Geschrei der Menge hinter sich hörte, fürchtete, man könnte kurzen Prozeß gegen die langen Prozesse der Justiz machen, ihn selber arg zurichten und zwingen, die langsame Justiz auch noch zu verteidigen.

Mit Gottes Hilfe erreichten sie die Polizeistation, wo alle drei, der *figlio dell'ottantanove,* der Wachtmeister und der Taubstumme in einen Wagen verladen wurden und ab zur Zentrale.

Der Junge war jetzt im Büro des Chefs. Er hatte den Inhalt des Telefonats abzustreiten versucht, aber der Taubstumme saß da und war wild entschlossen, den Text aufzuschreiben, obschon mit einigen Auslassungen. Schließlich gestand er, behauptete aber, es sei nur ein Scherz gewesen. Das war zwar auch nicht die Wahrheit, denn er hatte geglaubt, mit seinem Telefonat bei den *figli dell'ottantanove* aufgenommen zu werden oder sich wenigstens dafür zu bewerben; aber egal, ob Scherz oder aber witzige Selbstbestätigung: man brauchte ihn nur anzusehen, um zu begreifen, daß er mit dem Mord an Rechtsanwalt Sandoz nicht das geringste zu tun hatte. Der Vize begriff es, kaum daß er die Tür zum Büro des Chefs hinter sich halb geschlossen hatte. Der Junge war eine Null, aber über dem massigen Haupt des Chefs leuchtete wie ein Heiligenschein das mühsam erkämpfte Glück des Langstreckengehers, der als erster das Ziel erreicht.

Vorsichtig schloß er die Tür. Hinter dem Spalt stauten sich die rasenden und gierigen Blicke der Reporter, die sich im Korridor häuften. Unter ihnen der Große Journalist, auf den Hinterbeinen, schäumend wie ein Vollblütler, der in einen Stall voller Schindmähren gesteckt wird. Mit seinen Artikeln, an denen sich allwöchentlich die Moralisten ohne jedwede Moral berauschten, hatte er sich den Ruf unversöhnlicher Härte erworben – ein Ruf, der viel dazu beitrug, den Preis zu erhöhen, den man zu zahlen hatte, wenn man sich Desinteresse und Stillschweigen erkaufen wollte.

Später, als der Vize in sein Büro zurückkehrte, sprach der Große Journalist ihn an und bat um ein Gespräch: „Nur kurz, ganz kurz", meinte er hinzufügen zu müssen. Der Vize machte eine Handbewegung, die mehr Ergebenheit ausdrückte als Zustimmung.

Aus der Menge erhob sich Protestgemurmel.
„Privatangelegenheit", sagte der Große Journalist, und aus der Menge hört man ungläubige und ironische Stimmen. „Gewiß doch", „aber ja", „selbstverständlich".
Sie saßen sich in seinem Büro gegenüber – zwischen ihnen der Schreibtisch, der überquoll, voller Akten, Bücher und Zigarettenschachteln –und maßen sich gegenseitig mit Argwohn, fast wie in einem Wettstreit, wer länger schweigen konnte. Der Große Journalist kramte aus der einen Tasche das Notizbuch, aus der anderen den Bleistift.
Der Vize hob den Zeigefinger der rechten Hand und bewegte ihn hin und her zu einem langsamen und definitiven Nein. Ein beruflicher Tic, eine bedeutungslose Geste.
„Ich habe nur eine Frage an Sie und erwarte nicht, daß Sie antworten."
„Warum fragen Sie mich dann?"
„Weil weder Sie noch ich Trottel sind."
„Vielen Dank ... Aber kommen Sie zu Ihrer Frage."
„Diese Geschichte mit den *figli dell'ottantanove*, habt Ihr die erfunden, oder hat man sie euch fertig geliefert?"
„Ich kann nur sagen: Wir haben sie nicht erfunden."
„Ihr habt sie also fertig geliefert bekommen?"

„Vielleicht ... Ich habe so einen Verdacht, aber nur einen Verdacht."
„Auch Ihr Chef?"
„Ich glaube nicht; aber das sollten Sie ihn besser selber fragen."
Der Große Journalist wirkte mißtrauisch, überrascht. Er sagte: „Ich hatte erwartet, daß Sie nicht auf meine Frage antworten würden, und statt dessen haben Sie geantwortet. Dann hatte ich erwartet, daß Sie meinen Verdacht widerlegen würden und statt dessen haben Sie ihn bestärkt. Was geht hier vor?" Man sah ihm an, wie sein Gehirn nur noch aus einem Apparat bestand, der Möglichkeiten verwarf, überdachte, korrigierte und nicht weiter wußte. Verängstigt: „Was geht hier vor?"
„Nichts, würde ich sagen." Und um ihn zu beleidigen: „Haben Sie jemals etwas von Wahrheitsliebe gehört?"
„Vage." Er sagte es mit verächtlicher Ironie, so als ob es nur die Möglichkeit gab, der Beleidigung zynisch beizupflichten, und das, gegenüber einem so unwichtigen Gesprächspartner, von oben herab.
Der Vize setzte eins drauf: „Eben, eben." Und fügte hinzu: „Morgen hoffe ich einen Artikel von Ihnen zu lesen, in dem sämtliche Befürchtungen und Zweifel, die ich als meine persönliche Meinung geäußert habe, erwähnt werden."

Der Große Journalist war rot vor Wut. Er sagte: „Sie wissen genau, daß ich das nicht schreiben werde."

„Warum sollte ich das wissen? Ich setzte noch immer großes Vertrauen in die menschliche Rasse!"

„Wir sitzen im gleichen Boot." Seine Wut verwandelte sich in Nachgiebigkeit und Müdigkeit.

„Sie werden es nicht glauben: Mein Boot ist bereits zu einer wüsten Insel ausgelaufen."

Das Gespräch hatte ihn entnervt, aber wenigstens der Schmerz hatte ihn verlassen. Er lag wie ein kleines, wildes, schmutziges Tier in einem winzigen Punkt seines Körpers und seines Daseins versteckt. Er konnte also, wie er es mit der letzten Bemerkung dieses Gesprächs angedeutet hatte, auf die Suche nach der wüsten Insel gehen, wie man auf einer Landkarte alten Träumen und Erinnerungen nachgeht; so alt, wie gewisse Dinge der Kindheit und Jugend geworden waren. *Die Schatzinsel:* Eine Lektüre, die dem Glück ähnlicher war als sonst etwas, wie irgend jemand gesagt hatte. Er dachte: Heute abend lese ich sie noch einmal. Aber er erinnerte sich genau an sie, so oft hatte er sie in dieser alten, häßlichen Ausgabe gelesen, die er einmal geschenkt bekommen hatte. Viele Bücher hatte er bei seinen Umzügen von einer Stadt in die andere, von einer Wohnung in die andere verloren, nur dies eine nicht. Verlag Aurora: vergilbtes Papier, das nach so vielen Jahren ausgetrocknet und dessen Druck verschossen war. Und auf dem Umschlag ein schlecht koloriertes Foto aus dem Film: schwarzweiß, ziemlich gekünstelt und abgeschmackt, Jim Hawkins, der unvergeßliche John Silver, Wallace Beery. Unvergeßlich auch als Pancho Villa. Wenn man den einen oder den anderen Film gesehen hatte, konnte man Stevensons Buch oder

das von Guzmán über die mexikanische Revolution nicht mehr lesen, ohne daß die Figuren in der Gestalt, mit den Gesten und der Stimme von Wallace Beery vor einem standen. Er dachte, was das Kino für seine Generation bedeutet hatte und ob dieses verkleinerte Kino, das vom Fernsehen angeboten wurde und das er unerträglich fand, auf die neue Generation ähnlich wirken würde.
Er kehrte zur Insel zurück, und eine weitere Person tauchte auf: Ben Gunn. Sein Kopf war so frei, daß ein Detail, an das er sich unvermutet erinnerte, ihn von Ben Gunn zu einer Erörterung der Werbefeldzüge führte, die die Welt eroberten. Auch die Hersteller von Parmesankäse bezahlten mit Sicherheit eine Werbeagentur; doch undenkbar, daß diese Agentur sich jemals der Tabaksdose von Doktor Livesey erinnern würde. Er entwarf ein Plakat, aus dem man eine ganzseitige Werbeanzeige hätte machen können: Doktor Livesey, der dem Verbraucher seine geöffnete Tabaksdose anbietet, in der sich ein Stück Parmesankäse befindet, wie Ben Gunn, der in dem Roman eine Leidenschaft für Käse hat. „Ein nahrhafter Käse, der in Italien erzeugt wird", sagt er; oder so ähnlich.
Er saß da und betrachtete *Ritter, Tod und Teufel.* Vielleicht ähnelte Ben Gunn, so wie Stevenson ihn beschrieben hatte, ein wenig dem Tod bei

Dürer, denn es schien ihm, als trüge Dürers Tod groteske Züge. Er hatte ihn immer etwas beunruhigt, dieser müde Ausdruck des Todes, fast so, als wollte er andeuten, daß er müde und langsam ankäme, wenn einer des Lebens müde sei. Müde der Tod und müde das Pferd: nicht so wie das Pferd in *Der Triumph des Todes* oder in *Guernica*. Der Tod hatte mehr den Ausdruck eines Bettlers als eines Siegers, trotz seines bedrohlichen Beiwerks der Schlangen und der Sanduhr. „Den Tod verbüßt man lebend." Als Bettler; man bettelt um ihn. Der Teufel, der ebenfalls müde wirkte, war ein viel zu entsetzlicher Teufel, um glaubwürdig zu sein. Er war ein tatkräftiges Alibi im Leben der Menschen, dem man gerade die verlorene Wirkung wiederzugeben versuchte: theologische Therapien in Überdosis, philosophische Reanimationsversuche, parapsychologische und metaphysische Praktiken. Auf der Zeichnung aber war er dermaßen müde, daß er alles den Menschen überließ, die es besser konnten als er. Und der Ritter? Wo wollte er hin, so gerüstet und selbstsicher, daß er den Teufel hinter sich herlaufen ließ und dem Tod den Obolus verweigerte? Ob er jemals auf der Burg hoch oben ankommen würde – dieser Zitadelle der höchsten Wahrheit und größten Lüge?
Christus? Savonarola? Aber nein, aber nein.

Vielleicht hatte Dürer in seine Rüstung nichts anderes gesteckt als den wahren Tod und den wahren Teufel; und das war das Leben, das sich so sicher fühlte: wegen dieser Rüstung und dieser Bewaffnung.
Er war fast eingeschlafen über diesen Gedanken, die mehr wie ein Strömen durch blühende Venen, wie ein Delirium waren, so daß der Chef beim Eintreten feststellte: „Ihnen geht es wirklich schlecht." Seit er seinen Verfall und sein Leiden bemerkt hatte, ließ er ihn nicht mehr kommen, wenn er ihn zu sprechen wünschte. Der Vize schätzte diese Rücksichtnahme, war aber von ihr etwas irritiert.
„Nicht so, wie ich möchte", sagte er im Aufwachen, aber auch der Schmerz erwachte schon.
„Was reden Sie da?" Der Chef tat entsetzt, denn er hatte begriffen, daß der andere den Punkt des Schlechtgehens erreichen wollte, an dem es einem nicht mehr schlecht ging. Doch er war zu sehr mit seinem Erfolg beschäftigt, als daß er sich um solche Gedanken hätte kümmern können: „Haben Sie gesehen? Was halten Sie davon?"
„Gewiß", sagte der Vize gedehnt und mit genüßlicher Boshaftigkeit. „Irgendeine Bestrafung hat er verdient. Vielleicht wegen Selbstbezichtigung und Verbreitung falscher und tendenziöser Nachrichten oder Störung der öffentlichen Ordnung..."

„Was reden Sie da?" Noch einmal, aber nun tieftraurig und fast flehentlich.
„Wir haben endlich ein Glied der Kette in der Hand und Sie wollen es wegwerfen, als wäre es nichts."
„Sie haben recht: Es ist ein Glied einer Kette. Aber es ist eine Kette aus Dummheit und Leid und bedeutet deshalb genau das Gegenteil dessen, was Sie meinen ... Haben Sie einen Moment lang Geduld und hören Sie mir zu ... Dieser Junge wird weiterhin alles abstreiten, heute, vielleicht auch morgen, eine Woche lang, vielleicht sogar einen ganzen Monat. Irgendwann wird er zugeben, einer revolutionären und umstürzlerischen Vereinigung mit dem Namen *figli dell'ottantanove* anzugehören. Er wird es bereuen, außerordentlich bereuen und mit unserer Hilfe die Namen von einem, zwei, drei Sympathisanten und Komplizen nennen. Ich weiß nicht, ob er aus seinem Bekanntenkreis diejenigen heraussuchen wird, die ihm am sympathischsten oder am unsympathischsten sind: das ist ein psychologischer Mechanismus, den man untersuchten müßte ... In jedem Fall beschaffen wir uns auf diese Weise weitere Glieder der Kette ... Zugleich werden unsere Beamten – das kann man sich leicht vorstellen – weitere Vernehmungen durchführen: Professoren, Schuldiener, Barmänner, Betreiber von Disko-

theken und Paninotheken[13]. Ein neues Wort übrigens, das mich erschreckt. Es kommt mir vor wie eine Kreuzung aus Bäckerei und Bibliothek. Wir werden, versteht sich, möglichst viele der Personen vernehmen, mit denen dieser Junge für gewöhnlich verkehrt hat. Selbst wenn er im schlimmsten Falle starrsinnig darauf bestehen sollte, nicht zu reden und keine Namen zu nennen, werden wir durch diese Liste, die sich im Zuge der Ermittlungen ergeben wird, zahlreiche Namen erhalten, aus denen wir einige auslosen können ..."

„Es geht Ihnen wirklich schlecht." Und zuvorkommend, eindringlich: „Beantragen Sie einen Urlaub; einen oder zwei Monate Pause. Sie haben ein Recht darauf; ich bewillige sie Ihnen sofort, wenn Sie möchten."

„Ich danke Ihnen. Ich werde darüber nachdenken."

---

[13] Im Italienischen: paninoteca. Imbißstube, in der belegte Brötchen hergestellt und verkauft werden.

„Das Morphin ist schön; aber man sollte es nur nehmen, wenn man nicht mehr kann", hatte ihn ein befreundeter Arzt ermahnt, als er ihm die Packung gab. Schön war die Wirkung des Morphins, noch schöner, wenn man es nach unerträglichen Schmerzen einnahm. Je stärker der Sturm, desto süßer die Stille. *Die Ruhe nach dem Sturm. Sonntag auf dem Dorf. Der einsame Weg. Die Unendlichkeit.* Was für großartige, tiefe Gefühle hatte dieser Dichter des glücklichen Unglücks den Italienern, die sich heute alt nennen konnten, in den fernen Jahren der Schulzeit und seither mit absoluter Schlichtheit und vielleicht banalen Bildern offenbart und unauslöschlich ins Gedächtnis geprägt. Ob man ihn in der Schule noch las? Vielleicht; aber gewiß lernte kein Kind mehr die Verse auswendig. *Par cœur,* wie die Französischlehrerin es nannte, wenn sie die Gedichte von Victor Hugo austeilte, fast immer Victor Hugo. Er kannte sie noch heute –: „Devant la blanche ferme où parfois vers midi Un vieillard vient s'asseoir sur le seuil attiédi ..."; „Oh! Combien de marins, combien de capitaines Qui sont partis yoyeux pour des courses lontaines, Dans ce morne horizon se sont évanouis ..." – und dies letzte nicht nur *par cœur.* Ein wunderschöner Ausdruck, den er sich übersetzte: „Ins Herz, von Herzen, fürs Herz." Er fühlte sich sentimental und zu Tränen ge-

rührt. Doch der Doktor hatte mit seiner sybillinischen und zweideutigen Bemerkung nur vor der Gewöhnung warnen wollen.
Doch wo war dieser Punkt, wo man nicht mehr konnte? Er verlagerte ihn immer weiter nach vorne, wie ein Ziel des Willens, der mit dem Schmerz um die Wette läuft. Nicht, weil er befürchtete, abhängig zu werden, sondern wegen eines Gefühls der Würde, dem es entsprach, daß er einen großen Teil seines Lebens damit zugebracht hatte, die Gesetze, ihre Präklusionen und ihre Verbote zu verteidigen. Er wußte, was das Morphin im Arzneibuch, in einem Krankenhaus, in der Tasche eines Arztes oder am Kopfende eines Menschen, der an dem Punkt angelangt war, wo er nicht mehr weiter konnte, zu bedeuten hatte. Aber es gelang ihm nicht, es gänzlich im Licht des Erlaubten, ohne den Schatten der Übertretung und des Vergehens zu sehen, in dem er es jahrelang gesehen hatte. Das Gesetz. Ein Gesetz, überlegte er, ist immer eine Form der Vernunft, so ungerecht es auch sein mag. Um seine äußerste und endgültige Ungerechtigkeit zu erreichen, müssen selbst diejenigen, die es gewollt und gemacht haben, ihren Pflichten zuwiderhandeln und gegen das Gesetz verstoßen.
Der Faschismus hatte auch darin bestanden: im Verstoß gegen die eigenen Gesetze. Auch der

Kommunismus unter Stalin, oder mehr noch. Und die Todesstrafe? Die Todesstrafe hat nichts mit dem Gesetz zu tun: durch sie weiht man sich dem Verbrechen und weiht das Verbrechen. In einer Gemeinschaft wird stets eine Mehrheit behauptet, sie sei notwendig, eben weil sie ein Akt der Weihe ist. Das Heilige[14], was immer es mit dem Heiligen zu tun haben mag … Der dunkle Grund des Seins und der Existenz.

Das Morphium also, und ihm kam aus reiner Neugier[15] ein merkwürdiger Gedanke: Ob man in dem Jahr, in dem Tolstoi die Geschichte vom Tod des Iwan Iljitsch erzählte, 1885, 1886, das Morphium kannte und zu diesem Zweck gebrauchte? Es war anzunehmen, daß man es kannte. Aber erwähnt Tolstoi es in seiner Geschichte? Er hatte nicht den Eindruck, und das tröstete ihn: Vielleicht hatte Tolstoi das Morphium von seiner Figur aus dem gleichen Grund ferngehalten. Er begann Vergleiche zwischen sich und der Geschichte anzustellen. Der Tod als ein Quid und ein Quantum, das zwischen Knochen, Muskeln und Drüsen im Blut

---

[14] Im Italienischen ist ethymologisch das Heilige gewissermaßen in der Weihe enthalten: il sacro, das Heilige, la consacrazione, die Weihe … (d. Ü.)

[15] Sciascia: „… gli venne un curioso pensiero, propiamente di curiositá."

umherschwamm, bis es eine Vertiefung, eine Nische, einen Nistplatz fand, wo es explodieren konnte. Ein kleine Explosion, ein Brandherd, eine zunächst noch ungleichmäßige Glut und schließlich der unaufhörliche, übermächtige Schmerz, der wuchs und wuchs, bis der Körper ihm nicht mehr standzuhalten schien, und der alles überflutete. Nur der Verstand lehnte sich gegen ihn auf und errang kleine, kurzfristige Siege. Aber es gab auch die langen, unendlichen Momente, in denen er tatsächlich alles erfaßte, deformierte und verdunkelte. Jedes denkbare Vergnügen, die Liebe, ein Lieblingsbuch, eine heitere Erinnerung. Denn er bemächtigte sich selbst der Vergangenheit, so als ob er immer dagewesen wäre, als ob es nie eine Zeit gegeben hätte, in der es ihn nicht gab, in der man gesund und jung war – der Körper von Freude geformt, um Freuden zu bereiten. Was sich ereignete, glich einer Inflation in schrecklicher Umkehrung. Das bißchen Freude, das man im Laufe eines Lebens zusammengeklaubt hatte, wurde durch die Krankheit grausam aufgefressen. Doch vielleicht hatten alle Ereignisse auf der Welt Ähnlichkeit mit einer Inflation. Das Geld des Lebens verlor täglich an Wert, und das ganze Dasein war nichts als eine leere, monetäre Euphorie, ohne jede Kaufkraft. Die Golddekkung, die in Gefühlen und Gedanken bestand,

war hingeschmolzen, und die wahren Dinge hatten einen unbezahlbaren, geradezu unbekannten Preis erreicht.
Ohne es geplant zu haben, war er dabei, zu überprüfen, was von seinem kleinen Häufchen übrig geblieben war. Er ging am Fluß entlang und blieb gelegentlich stehen, um zu beobachten, wie das schlammige Wasser, die Zeit und sein Leben dahinflossen.
Als er bei ihr ankam, war er sehr müde. Nur eine Treppe mit niedrigen, alten und abgetretenen Stufen, aber für ihn war inzwischen jedes Treppensteigen beschwerlich. Merkwürdigerweise jedoch trieb die Atemnot den Schmerz in die Flucht. Er dachte, daß er darüber mit einem Arzt reden müßte. Vielleicht gab es eine Atemtherapie. Es wurde so vieles entdeckt, verworfen, aufs neue entdeckt und wieder verworfen. Die Natur hatte so wenige Elemente zur Verfügung und war doch fähig, Milliarden verschiedener Gesichter zu formen, ohne sich je zu erschöpfen. Genauso mußte es auf verlorene Weise mit den Organen sein. Doch wer wollte das wissen? Ein Arzt? Selbst wenn man ihm das wenige, das jeder von uns fühlt – über das Herz, die Lunge, den Magen, die Knochen – mitteilen würde; er konnte es immer nur in abstrakte und allgemeine Begriffe verwandeln. Selbst wenn man es ihm mit der größtmöglichen Präzision

mitteilen würde, wie Proust, der Roditi im Wartezimmer des Dentisten sein Zahnweh beschreibt, käme dabei nur die tröstliche Entdekkung heraus, daß wir alle gleich sind.
Er läutete die Türglocke.
Von ferne die Noten eines Glockenspiels, das ihm schärfer als sonst in die Nerven schnitt. Sie kam wie üblich nach einigen Minuten, um ihm zu öffnen, im Morgenrock, den sie eben erst übergeworfen hatte. Das wußte er. *Non andartene in giro tutta nuda*[16]. Er erinnerte sich, vor vielen Jahren in einem kleinen Theater in Rom, in der Via Santo Stefano del Cacco, wo sich sein Büro befand (und auch das von Kommissar Ingravallo – Don Ciccio Ingravallo –, denn er hatte das Gefühl, ihn bereits in diesem Büro kennengelernt zu haben und nicht erst in jenem Roman: so groß war die Wahrheit des Buches von Gadda[17]); er erinnerte sich an Franca Rame, die nicht etwa nackt auf der Bühne stand, sondern in einem undurchsichtigen Schlafrock. Zu jener Zeit wäre selbst die Durchsichtigkeit, ganz zu schweigen von der Nacktheit, ein Grund für einen seiner Kollegen gewesen, sich mit der dreifarbigen Schär-

---

[16] Gehe niemals völlig nackt umher.
[17] Kleine Anspielung auf den Roman „Die gräßliche Bescherung in der Via Merulana“ von Emilio Carlo Gadda, den Klassiker der italienischen Avantgarde. (d. Ü.)

pe[18] zu gürten und anzuordnen, den Vorhang herunterzulassen. Heute nicht mehr. Heute zieht man sich mit Leichtigkeit aus, im Theater wie in der Realität. In seiner Jugend wurde die Nacktheit als Gipfel des Wahnsinns betrachtet: „Er läuft völlig nackt herum." Grund genug, wenn einer nackt herumlief, für die Zwangsjakke, den Krankenwagen und die Irrenanstalt. Sie lief zu Hause immer nackt herum, was die Bewohner von gegenüber zweifellos entzückte, wie in dem Lustspielchen von Feydeau, ihn jedoch zu flammender Eifersucht trieb. Inzwischen lachte er innerlich darüber, und so fiel ihm eine kleine Szene der Brüder De Rege ein (auch sie aus dem Theater): Der eine tritt humpelnd auf, den Kopf verbunden, den Arm in Gips, und gibt der Eifersucht die Schuld. Der Dialog zwischen den beiden entwickelt sich durch das Mißverständnis, daß der eine meint, die Ehefrau des Verletzten sei eifersüchtig, bis zum Schluß klar wird, daß die Verletzungen nicht von irgendwelchen Gefühlen herrühren, sondern von einem Fensterladen, der heruntergefallen war – also von einer *Jalousie*[19]. Aber vielleicht hatte man sich jene Fensterblenden

---

[18] *„La fascia tricolore"*, mit den drei italienischen Nationalfarben.
[19] *La gelosia* ist, was auch Robbe-Grillet zu seinem Roman-Titel animiert hat, sowohl die Eifersucht als auch die Jalousie, der Fensterladen. (d. Ü.)

absichtlich ausgedacht, um das gleichnamige und quälende Gefühl, mit dem sie inzwischen nichts mehr zu tun hatten, zu lindern. Ein Gefühl, das man in den letzten Jahren beseitigt zu haben schien; aber vielleicht war es wieder im Kommen. Nicht mehr tragisch beladen, wie früher; sondern eher als eine aseptische Sorge.
Sie zögerte einen Augenblick, erkannte ihn nicht gleich, und in ihrem Erstaunen sah er sich, wie in einem Spiegel, mit allen diesen Gedanken, die man nicht wirklich Gedanken nennen konnte, die plötzlich und fast gleichzeitig aufblitzten. Es bereitete ihm ein sinnloses Unbehagen, fast so, als hätte sie sich mit Absicht eine ihrer üblichen Boshaftigkeiten erlaubt, die er einst so geliebt hatte. Er bedauerte einen Moment lang, zurückgekehrt zu sein, um sie zu besuchen.
„Endlich", sagte sie. „Aber wo kommst du jetzt her? Was hast du die ganzen Monate gemacht?"
„Ich war in der Schweiz; ich hab' dir doch geschrieben ..."
„Eine Postkarte", ergänzte sie trotzig.
„Ja, eine Postkarte ... In den letzten Tagen war ich meist im Büro, zuviel Arbeit."
„Die *figli dell'ottantanove?*"
„Die *figli dell'ottantanove* und anderes."
„Und in der Schweiz?"
„Eine medizinische Untersuchung. Sehr anstrengend."

„Und was hast du...?“
„Nichts.“
Er las in ihren Augen, daß sie ihm das medizinische *Nichts* nicht glaubte; aber sie besaß genügend Klugheit und Feingefühl, vielleicht auch Liebe, um nicht weiter nachzuforschen. Zerstreut begann sie, über anderes zu reden: Dinge, die ihr widerfahren waren, seit sie sich nicht gesehen hatten und unterdrückte den Vorwurf, daß er so lange weggeblieben war und sich nicht gemeldet hatte.
Er schaute sie an und suchte unter dem leichten Hausmantel den Körper, der ihm so vertraut war und den er jahrelang begehrt und geliebt hatte – am meisten vielleicht, als sie zu spüren begann, daß ihre Jugend dahinging und ihr Körper welkte; als sie sich wie von einer Ungerechtigkeit bedroht und beleidigt und mißbraucht fühlte. In ihm war damals ein Gefühl der Zärtlichkeit entstanden, das die Begierde nährte und sie klar und durchsichtig machte. Begierde und Zärtlichkeit: völlig unbeschwert, nach der Leidenschaft der ersten Jahre, als ihre Treffen voller Schwierigkeiten waren und zu Mißverständnissen und Verkrampfungen führten, aus denen sich Schmerz und Verzweiflung erhoben, wie ein Orkan. Als dann die Schwierigkeiten aufhörten, war auch die Leidenschaft am Ende. Nichts mehr von den Zweideutigkei-

ten und Besessenheiten, die ihr vielleicht gefielen; die er jedoch durchlitt, wie eine Krankheit, wenn die Zeit vom Fallen und Steigen des Fiebers und vom Wechsel zwischen Wachsein und Phantasieren eingeteilt wird. Sie trafen sich stets zum Vergnügen – zum Vergnügen der Körper, dem einzigen, dessen sie sich beide gewiß sein konnten und mehr wollten sie nicht. Sie verreisten gemeinsam und zuweilen länger und weiter als geplant, doch auch das war in den letzten Jahren seltener geworden. Alles entfernte sich und war inzwischen weit entfernt. Geblieben war ihm ein Gefühl der Zärtlichkeit, das sich fast in Mitleid verwandelt hatte. Merkwürdig, wie jedes Gefühl, einerlei, ob es Liebe oder Haß gewesen war, sich in Mitleid verwandelte. Noch merkwürdiger, wie die Erinnerung auch jene fernen Leiden und Verzweiflungen in Schönheit umformte. Alles log, auch die Erinnerung.

„Und diese *figli dell'ottantanove?*"

„Man hatte das Gefühl, sie zu brauchen." Er dachte an den Teufel und an den Stich von Dürer. „Man braucht den Teufel, damit das Weihwasser zu Weihwasser wird."

„Sie scheinen sich beruhigt zu haben", sagte der Chef.

„Oh, was die Ruhe betrifft ... Ich würde eher sagen, daß ich mich der Gleichgültigkeit nähere ... Es tut sich was in meinem Innern. Entschuldigen Sie, wenn ich mit Ihnen so offenherzig rede, von gleich zu gleich. Sie sind mein direkter Vorgesetzter und ..."

„Sagen Sie das nicht: Ich habe Sie immer wie einen Freund behandelt, und mir ist klar, was sich tut, Ihre Beschwerden ... Ich möchte Ihnen von Freund zu Freund eine klare und deutliche Frage stellen: Was wollen Sie? Von mir, von uns, von allen, die mit diesem Fall zu tun haben."

„Nichts. Im Augenblick nichts. Ich begreife vollkommen, daß die Sache so laufen muß, wie sie läuft. Daß es nicht möglich ist, sie aufzuhalten oder die Richtung zu ändern."

„Sagen Sie die Wahrheit: Sie wollten einen Haftbefehl gegen Aurispa." Die Tatsache, daß er ihn Aurispa nannte und nicht mehr *der Präsident*, war jedoch ein Zeichen dafür, daß er selber damit liebäugelte und davon träumte: ein Haftbefehl gegen Aurispa.

„Schauen Sie: Wenn ich in meiner früheren Dienststelle Haftbefehle auszuführen hatte – zum Glück nicht mehr in dieser hier –, habe ich mich immer wie eine dieser schieläugigen Figuren gefühlt, die bei den ländlichen Passionsspielen auftreten, um Christus zu verhaften. Egal, wie niederträchtig die Person sein mochte, die verhaftet wurde, ich hatte immer dieses Gefühl ... Es war erforderlich, den Befehl auszuführen, und häufig, nicht immer, war er auch gerecht. Aber ich habe es nie geschafft, darüber zu stehen."

„Es ist ein Gefühl, das Sie ehrt; aber unser Beruf ... Verzeihen Sie, warum sind Sie nicht Rechtsanwalt geworden, anstatt Polizist?"

„Vielleicht, weil ich mir eingebildet habe, man könnte ein Anwalt des Rechts sein, indem man als Polizist tätig ist ... Aber betrachten Sie das als Bonmot. Es stimmt nicht. Man lügt immer, wir tun nichts als lügen, und vor allem belügen wir uns selber. ... Also: Nein. Ich wollte keinen Haftbefehl gegen Aurispa. Ich wollte, daß man sich etwas mehr auf ihn konzentriert – sein Leben, sein Interesse. Vor allem hätte ich gewünscht, daß man diesen mutmaßlichen *figlio dell'ottantanove* heimschickt ... Wo ist er jetzt? Ich vermute in einer Zelle von zwei mal drei Metern in Isolationshaft."

„Wo soll er sein?"

„In aller Freundschaft, wenn Sie gestatten, und in aller Offenheit: Glauben Sie wirklich, daß dieser Junge zu einer Untergrundbewegung gehört, deren erster Auftritt der Mord an Sandoz war?"

„Beschwören könnte ich es nicht: aber nach dem Stand der Dinge ..."
„Nach dem Mißstand der Dinge", verbesserte der Vize. Und um dem unnützen Gespräch ein Ende zu setzen: „Ich habe Ihren Rat befolgt und mein Urlaubsgesuch mitgebracht. Für zwei Monate. Ich denke, das sollte ausreichen."
„Ausreichen wofür?" fragte der Chef. Er wartete nur darauf, ihm Trost zu spenden.
„Daß es mir besser geht, natürlich."
Er ging hinüber zu seinem Büro und öffnete die Schreibtischschubladen, nahm einige Briefe, den kleinen Montaigne von Gide, den er auswendig kannte, und eine Schachtel Zigaretten. Die übrigen Zigaretten und Bücher ließ er zurück. Er blieb vor dem Stich von Dürer stehen und zögerte, ob er ihn mitnehmen oder hierlassen sollte. Er beschloß ihn dazulassen und phantasierte vergnügt darüber, was passieren würde: Seine Nachfolger würden meinen, er gehört zur Ausstattung, wie der Stadtplan und das Porträt des Staatspräsidenten. Danach würde jemand bemerken, daß er eine *res nullius* war und ihn mit nach Hause oder zum Trödler bringen, ein anderer würde ihn bei dem Trödler entdecken, und er würde, wie schon einmal, bei einer mehr oder weniger teuren Versteigerung landen. Und damit bei den Liebhabern und schließlich bei einem. Bei einem wie ihm viel-

leicht: einem zufälligen und unerfahrenen Liebhaber.
Er strich durch die Stadt und fühlte sich so frei wie nie zuvor. Das Leben war immer noch schön, wenn auch nur für den, der es zu würdigen wußte. Er fühlte sich nicht unwürdig, sondern eher wie ausgezeichnet. Es war wie zum Hinausschreien: „Gott hat euch ein Gesicht gegeben, und ihr macht euch ein andres." Nicht wie Hamlet zu den Frauen[20], wegen ihrer Schminke, Pomade und ihres Nagellacks, sondern zu allen Unwürdigen und der unwürdigen Masse, die die Welt erfüllt; der Welt ins Gesicht schreien, daß sie dabei war, diese Haltung anzunehmen: des Lebens unwürdig zu werden. Aber hatte die Welt, die Welt der Menschen, nicht immer auf merkwürdige Weise danach gestrebt, des Lebens nicht würdig zu sein? Ein erfinderischer und grimmiger Gegner des Lebens und ihrer selbst und hatte zugleich so viele freundliche Dinge erfunden: Das Recht, die Spielregeln, die Proportionen, die Symmetrie, die Dichtungen, die guten Manieren... „Ein schlauer Gegner meiner selbst": Alfieri, der sich selbst befeindet, wie der Mensch, der sich bis gestern zugleich ein schlauer Freund war. Aber

[20] 3. Aufzug, 1. Szene. In der Übersetzung von Schlegel schimpft Hamlet nur mit Ophelia.

wie stets, wenn er anfing, die Trostlosigkeit der Gegenwart und die Aussichtslosigkeit der Zukunft zu beklagen, fragte er sich, ob in seiner Klage über die Unwürdigkeit der Welt nicht auch die Wut darüber mitwirkte, sterben zu müssen und der Neid, daß die anderen dablieben. Ja, vielleicht auch im überbordenden Mitleid, das er für alle empfand, die zurückblieben. Es gab Augenblicke, in denen er so erbost war, daß er sich vorstellte, wie er nach Art der Conférenciers der Varietédarbietungen seiner Jugend mit einem „Meine Damen und Herren, viel Vergnügen" abtrat: als spöttischen Abschiedsgruß. Aber da er wußte, daß es kein Vergnügen geben würde, äußerte sich auch darin ein trotziges Mitleid.
Er ging jetzt durch den Park. Da, die Kinder: So reizend, besser ernährt als früher (die dürre und hungrige Kindheit der heutigen Alten), vielleicht intelligenter und gewiß über alles viel besser unterrichtet. Dennoch empfand er große Sorge um sie und hatte Mitleid mit ihnen. Sie werden auch 1999 noch da sein, auch 2009 und 2019: und was würden diese folgenden Jahrzehnte ihnen bringen? Ihm war, als wäre er durch diese Gedanken ans Tor der Gebete gelangt und blickte hindurch auf einen verwüsteten, wüsten Garten.
Er blieb stehen, um ihre Spiele zu beobachten und zu hören, was sie redeten. Sie besaßen noch

Phantasie, das Fernsehen, der Computer, ein Auto, das sie zur Schule brachte und wieder abholte, und die Nahrung war zwar reichhaltig, schmeckte jedoch immer gleich, wie Löschpapier. Kein Auswendiglernen mehr: Das kleine Einmaleins, „La donzelleta vien dalla campagna ..." „Scendeva dalla soglia ...", „I cipressi che a Bolgheri ..."[21]: Peinigungen der Vergangenheit. Das Gedächtnis mußte abgeschafft werden, die Memoria[22], und damit auch alle Übungen, durch die es geschult, geschärft und aufnahmefähig gemacht wurde.

In den Dörfern fanden die Kinder noch die Freiheit von früher; in den Städten lebten sie aus Gründen der Notwendigkeit und der Wissenschaft wie in einem Hühnerstall, und manch einer schickte sich an, aus ihnen vielleicht sogar wunderbare Monster zu machen, für eine monströse Welt. „Was wir machen", hatte ihm vor Zeiten ein bekannter Physiker gesagt, „wirkt wie Rosen und Blumen im Vergleich zu dem, was die Biologen tun." Er verlor sich ein Weil-

---

[21] Anfangszeilen von Gedichten von Leopardi, Carducci, Foscoli, die man in der Schule auswendig lernte. Zu deutsch etwa: „Das hübsche Mädchen kommt vom Lande ...", „Sie schritt von der Schwelle:", „Die Zypressen, die in Bolgheri ..." etc.

[22] Bei Sciascia groß geschrieben, so daß es sich um das Gedächtnis, aber auch die bekannte Mutter der Musen handeln kann: mit der Auslöschung der Memoria verschwinden Eros und alles, was den Menschen ausmacht. (d. Ü.)

chen mit dem Ausdruck „Rosen und Blumen", als ob die Rose kraft der Literatur aus der Gattung der Blumen hervorstäche. Die Rosen, die du nicht pflücktest, dachte er. Aber es stimmte nicht und es stimmt nicht, daß das Leben aus verpaßten Gelegenheiten besteht. Keine falschen Tränen.
Ein Hund, ein Wolfshund, der gutartig und müde wirkte, hatte sich dem Wägelchen genähert, in dem ein blondes Kind ruhig schlief. Das Kindermädchen kümmerte sich nicht darum und unterhielt sich mit einem Soldaten. Unwillkürlich stellte er sich zwischen den Kinderwagen und den Hund. Das Mädchen unterbrach sein Gespräch mit dem Soldaten, lächelte ihn beruhigend an, betrachtete den Hund freundlich und meinte, er sei gutmütig, alt und zutraulich. Er ging weiter und fing an, die vielen Hunde zu zählen, die durch den Park liefen und plötzlich seine Aufmerksamkeit erregten. So viele Hunde, vielleicht mehr als Kinder. Und wenn man die Sklaven zählen würde? hatte Seneca sich gefragt. Und wenn man die Hunde zählen würde? In seinen Papieren war eines Tages der Horror eines Kindes aufgetaucht, das eine Dogge zerrissen hatte. Der Hund des Hauses, der vielleicht genauso gutmütig, alt und zutraulich war wie der Wolfshund des Mädchens. Die Erinnerung an den Vorfall, die vielen

Kinder, die durch den Park liefen, und die vielen Hunde, die sie bei ihren Spielen zu begleiten oder zu bewachen schienen, erzeugten in ihm die Vision einer Apokalypse. Er fühlte sie auf dem Gesicht wie ein klebriges, schmutziges Spinnennetz und versuchte sie mit der Hand wegzuwischen, um nicht so zu sterben. Aber die Hunde blieben da, zu viele, und es waren nicht jene, die er in seiner Jugend um sich gehabt hatte, als sein Vater zur Jagd ging. Kleine Hunde, kyreneische Köter[23], immer fröhlich und schwanzwedelnd, die mehr Freude am Landleben hatten als an der Jagd. Diese hier dagegen waren groß und schwer, als träumten sie von gefahrvollen, dunklen Wäldern und unwegsamen Steinwüsten. Oder nazistischen Konzentrationslagern. Und sie wurden zu viele, wenn man es recht bedachte. Genau wie die Katzen, aber auch die Mäuse. Und wenn man die zählen würde?

Er sprang von einem Gedanken zum nächsten, während jene Zwangsvorstellung schwächer wurde, und dachte an die Hunde seiner Kindheit, ihre Namen, an die Geschicklichkeit des einen und die Faulheit des anderen, so wie sein Vater sich mit den Jägern darüber unterhalten

---

[23] Sciascia: bastardume cirneico. Der cirnèco ist ein sizilianischer Jagdhund, der seinen Namen möglicherweise der Kyrenaika verdankt.

hatte. Und nie hatte er darüber nachgedacht, fiel ihm unversehens ein: Keiner von ihnen war jemals im Haus gestorben; keinen von ihnen hatte man sterben gesehen oder in seinem Körbchen aus Weidengeflecht und alten Wolldecken tot aufgefunden. In einem gewissen Stadium ihres Alters oder ihrer Bronchitis wurden sie müde, appetitlos und lustlos. Und sie verschwanden. Das Schamgefühl der vom Tode Gezeichneten, wie bei Montaigne. Und die Tatsache, daß einer der größten Geister der Menschheit den Wunsch gehabt hatte, in Abgeschiedenheit und fern von jenen, die ihm zu Lebzeiten nahegestanden hatten, zu sterben, und damit das erfühlt und gedacht hatte, was ein Hund instinktiv verspürt, erschien ihm erhaben und fast so unumstößlich wie der Kantsche Imperativ. Er versöhnte ihn unter dem großen Schatten Montaignes mit den Hunden.

Er erwachte nach einer Nacht, die ruhiger war als frühere Nächte. Der Schmerz weckte ihn aus einem Traum, in dem etwas oder jemand ihn in die Seite, auf die Schulter oder in den Nacken schlug. Den Vormittag verbrachte er mit Zeitungen, Zeitschriften und Büchern. Der Große Journalist hatte einen Artikel geschrieben, in dem er die Polizei und die Sicherheitsdienste hart beschuldigte, das Gift des Terrorismus ungehindert ins Kraut schießen zu lassen und erst in der Beerdigungshalle, angesichts der Leiche des armen Rechtsanwalt Sandoz, zu bemerken. Die katholische Zeitschrift *Il Pellegrino*[24] veröffentlichte einen langen Aufsatz über das gottlose Jahr neunundachtzig und seine heutigen, gebenedeiten Kinder. In Wirklichkeit nannte der Artikel sie nicht gerade gebenedeit, aber da sie schossen, mußte man ihnen im Vorgriff auf die ewige Vergebung schon etwas Verständnis und Nachsicht entgegenbringen.
Der Schmerz war wie eingetrübt, und man konnte ihn mit etwas Milchigem oder einem schmutzigen Weiß vergleichen. Er las *Die Schatzinsel* zu Ende: wenigstens etwas, das noch dem Glück ähnelte. Er wollte das Buch ins Regal zurückstellen, als die Frau eintrat, die jeden Morgen kam, um das bißchen aufzuräumen, was

[24] Der Pilger.

aufzuräumen war. Sie hatte nicht erwartet, ihn zu Hause anzutreffen und fragte, ob er krank sei oder Urlaub genommen habe.

„Urlaub, Urlaub."

„Seien Sie froh", sagte die Frau. Es hatte am Morgen einen Mord gegeben, und so war anzunehmen, daß die Polizei viel zu tun hatte.

Er erkundigte sich nach dem Mord und lief gleichzeitig zum Radio. Die Frau sagte, ein Freund des Mannes sei ermordet worden, den sie vor einer Woche umgebracht hätten, erinnerte sich aber nicht an den Namen.

Auf der ganzen Skala des Radios Musik und Stimmen, aber kein Nachrichtensprecher. Er schaltete ab.

Die Frau versuchte angestrengt, sich an den Namen zu erinnern, da das Radio nichts über den Mord brachte. „Es ist der Name eines Ortes in Unteritalien", sagte sie.

„Rieti."

„Ja, ja, Rieti", strahlte die Frau und dachte bei sich: Diese Leute wissen von den Ereignissen, noch bevor sie passiert sind. Sie war zwar nicht aus dem Süden, sondern stolz darauf, aus dem Norden zu stammen, doch ihr Urteil über die Polizei war genauso unerbittlich.

Ein Freund desjenigen, den sie vor einer Woche ermordet hatten und der Name eines Ortes in Unteritalien: Er hatte sofort an Rieti gedacht. Er war traurig, aber mehr noch als Trauer bewegte ihn jetzt das Gefühl einer Niederlage. Er fühlte sich wie in einem Kriminalroman, dessen Autor seine Leser mit grober Unredlichkeit, ohne Vorsicht und nicht einmal besonders schlau behandelt und mißbraucht. Aber in diesem Falle beruhte die Unredlichkeit auf einem Fehler, den er selbst begangen hatte. Oder ob auch Rieti einen Fehler gemacht hatte? Ob er ihm jenen Teil der effektiven Wahrheit, an dem er ganz unmittelbar interessiert war, verschwiegen hatte?

Er dachte stundenlang nach, wie über einer endlosen Patience, in der ständig etwas nicht geht: Eine Karte, die keinen Platz findet oder ein Platz, in den die freie Karte nicht paßt.

Die Nacht fiel herein, von Nebel durchweicht, als er das Haus verließ. Er schlug die Richtung zu seinem Büro ein, planlos – wie ein Maultier, das in den Stall trabt, dachte er, als er es bemerkte.

Es schien ihm, als hörte er die Schüsse unvorstellbar lange, bevor er sich getroffen fühlte. Während er fiel, dachte er: Man fällt aus Vorsicht oder aus Gewohnheit. Er dachte, er könne wieder aufstehen, doch er schaffte es nicht. Er stützte sich auf einen Ellenbogen. Fließend und leicht entschwand das Leben. Der Schmerz war verschwunden. Zum Teufel mit dem Morphin, dachte er. Auf einmal war alles klar: Rieti war umgebracht worden, weil er mit ihm gesprochen hatte. Aber wann hatten sie angefangen, ihn zu beschatten?

Er fiel nochmals. Der Arm hielt ihn nicht mehr. Er sah das schöne, ruhige Gesicht der Signora Zorni sich hämisch verziehen. Am Ende, als er die Schwelle der Zeit überschritt, sah er die Titel der morgigen Tageszeitungen, die sich langsam auflösten: *Die figli dell'ottantanove morden weiter. Polizeibeamter, der ihnen hartnäckig auf den Fersen war, umgebracht*. Was für ein Durcheinander, dachte er. Aber das war bereits der zeitlose und unaussprechliche Gedanke des Geistes, in dem der seine aufgegangen war.

Ein einfacher Fall

Ich will noch einmal gewissenhaft die
Chancen ausloten, die der Justiz vielleicht
doch noch bleiben.

Dürrenmatt, *Justiz*

Der Telefonanruf kam um neun Uhr und siebenunddreißig am Abend des 18. März, dem Samstag vor dem übermütigen und lärmenden Fest, das die Stadt zu Ehren des Schreiners und Heiligen Josef veranstaltete. Ihm waren auch die Scheiterhaufen aus alten Möbeln gewidmet, die an jenem Abend in den Armeleutevierteln entzündet wurden – als Versprechen gewissermaßen für die wenigen noch tätigen Schreiner, daß es ihnen an Arbeit nicht mangeln werde. Die Amtsstuben waren, mehr noch als an anderen Abenden um diese Uhrzeit, fast leer, jedoch beleuchtet: die abendliche und nächtliche Beleuchtung, die für die Büros der Polizei stillschweigend angeordnet war, um den Bürgern vorzugaukeln, daß man in diesen Büros stets über ihre Sicherheit wachte.
Der Telefonist notierte den Namen des Anrufers: Giorgio Roccella. Er besaß eine gepflegte, sanfte und überzeugende Stimme. Wie alle Verrückten, dachte der Telefonist, denn Signor Roccella verlangte den Questor. Eine Verrückt-

heit, vor allem um diese Uhrzeit und an diesem besonderen Abend.
Der Telefonist bemühte sich um den gleichen Tonfall, brachte jedoch nur eine Karikatur zuwege, die durch das Wortspiel, mit dem er antwortete, noch deutlicher wurde: „Ma il questore non è mai in questura a quest'ora"; ein fauler Witz über die häufigen Abwesenheiten des Polizeipräsidenten, der in den Büros die Runde machte und nur unzureichend durch den Satz übersetzt wird: „Aber der Polizeipräsident ist um diese Uhrzeit nie im Polizeipräsidium." Er fügte hinzu: „Ich verbinde Sie mit dem Kommissariat", und freute sich, daß er dem Kommissar eins auswischen konnte, der in diesem Augenblick wahrscheinlich gerade dabei war, das Büro zu verlassen.
Tatsächlich zog der Kommissar bereits seinen Mantel an. Der Brigadier, dessen Tisch mit dem des Kommissars einen rechten Winkel bildete, nahm ab. Er hörte zu, suchte auf dem Schreibtisch einen Bleistift und ein Stück Papier und antwortete, während er schrieb, ja, sie würden so bald wie möglich kommen, so bald wie möglich, wobei er das „möglich" betonte, damit man sich über das „bald" keine Illusionen machte.
„Wer war das?" fragte der Kommissar.
„Jemand, der behauptet, er müsse uns drin-

gend eine Sache zeigen, die er bei sich zu Hause entdeckt habe."
„Eine Leiche?" scherzte der Kommissar.
„Nein, er hat wörtlich gesagt ‚eine Sache'."
„Eine Sache... Und wie heißt er, dieser Jemand?"
Der Brigadier nahm das Stück Papier, auf dem er Namen und Adresse notiert hatte und las vor: „Giorgio Roccella, Contrada Cotugno, bei der Abzweigung nach Monterosso vier Kilometer auf der Straße, die rechts abgeht; fünfzehn Kilometer von hier."
Der Kommissar kam von der Tür zurück zum Tisch des Brigadiers, nahm das Stück Papier und las es, so als hoffte er, etwas darauf zu finden, was der Brigadier nicht vorgelesen hatte. Er sagte: „Das ist nicht möglich."
„Was?" fragte der Brigadier.
„Dieser Roccella", sagte der Kommissar, „ist ein Diplomat, ein Konsul oder Botschafter, ich weiß nicht wo. Er kommt seit Jahren nicht mehr hierher. Das Haus in der Stadt ist verschlossen und das Landhaus, eben das in der Contrada Cotugno, steht leer und ist fast baufällig... Man sieht es von der Straße aus: Oben am Hang. Es wirkt wie eine kleine Festung..."
„Ein alter Gutshof", sagte der Brigadier. „Ich bin oft dort vorbeigekommen."
„Innerhalb der Einfriedung, durch die es

wie ein Gutshof aussieht, liegt ein sehr zierliches Landhaus; oder lag jedenfalls... Große Familie, die Roccella, aber inzwischen reduziert auf diesen Konsul oder Botschafter oder was immer... Ich dachte nicht, daß er noch lebt, so lange habe ich ihn nicht mehr gesehen."

„Wenn Sie wollen", sagte der Brigadier, „überprüfe ich das."

„Aber nein, ich bin sicher, daß es sich um einen Scherz handelt... Morgen vielleicht, wenn du Zeit und Lust hast, fahr hin und schau nach... Was mich betrifft, braucht ihr morgen nicht nach mir zu suchen; egal was passiert. Ich fahre zu einem Freund aufs Land, um den heiligen Josef zu feiern."

Anderntags fuhr der Brigadier mit zwei Beamten auf Streife in die Contrada Cotugno. Die beiden Beamten und er waren in Ausflugsstimmung, denn nach dem, was der Kommissar gesagt hatte, waren sie sicher, daß der Ort unbewohnt und der Anruf am Vorabend ein Scherz gewesen war. Das Flüßchen, das am Fuß des Hügels verlief, war nurmehr ein steiniges Bett voller knochenbleicher Kiesel, aber der Hügel mit dem Gutshof oben grünte. Sie hatten vor, nach beendetem Lokalaugenschein den Feiertag mit dem Sammeln von wildem Spargel und Zichorien zu begehen, da sie als ehemalige Bauern alle drei die guten wilden Gemüse zu schätzen wußten.
Von unten betrachtet, war das Landhaus von einfachen Mauern umgeben. Jetzt, beim Betreten der Anlage, zeigte sich, daß die Einfriedung aus Wirtschaftsgebäuden bestand, deren Türen mit glänzenden Schlössern gesichert waren. Das Landhaus, das in der Mitte stand, wirkte tatsächlich zierlich, wies jedoch etliche Anzeichen des Verfalls auf. Sie gingen rundherum. Alle Läden waren geschlossen bis auf einen, so daß man durch die Fensterscheiben hineinschauen konnte. Zuerst erkannten sie das Innere nur undeutlich, da die gleißende Vormittagssonne sie blendete. Dann sahen sie Einzelheiten, und als sie die Hand über die Stirn legten, um

sich gegen die Sonne abzuschirmen, schien es allen drein, als sähen sie einen Mann mit dem Rücken zum Fenster an einem Schreibtisch sitzen; vornübergesunken.
Der Brigadier fällte die Entscheidung, die Scheiben des Fensters einzuschlagen, es zu öffnen und hineinzusteigen. Der Mann konnte wegen eines Unwohlseins zusammengebrochen sein, und vielleicht war es noch nicht zu spät, um ihm zu helfen. Aber der Mann war tot, und nicht auf Grund eines Schlaganfalls oder eines Infarktes. Über sein Gesicht, das auf dem Schreibtisch ruhte, zog sich von der Schläfe bis zum Kinn eine schwärzliche, geronnene Blutspur.
Der Brigadier rief den zwei Beamten, die ebenfalls durch das Fenster hereingeklettert waren, zu: „Nichts anfassen!", und um das Telefon, das auf dem Schreibtisch stand, nicht zu berühren, befahl er einen der beiden, ins Präsidium zurückzufahren, Meldung zu erstatten und den Arzt, den Fotografen und jene zwei oder drei Leute herzuschicken, die im Präsidium das Privileg genossen, für wissenschaftliche Experten gehalten zu werden, was nach Ansicht des Brigadiers wirklich nur ein Privileg war, da es bisher nicht einen Fall gab, wo sie einen entscheidenden Beitrag geleistet und nicht eher für Verwirrung gesorgt hätten.

Nachdem er diese Befehle gegeben hatte, begann er mit der Besichtigung des Tatortes, wobei er den noch anwesenden Beamten mehrfach aufforderte, nichts zu berühren. Diese Besichtigung diente dem Rapport, den er anschließend zu schreiben hatte und der immer eine recht unangenehme Aufgabe war, da weder seine Schulzeit noch sein Leseeifer ausgereicht hatten, ihn mit dem Italienischen vertraut zu machen. Aber seltsamerweise erzeugten die Tatsache, daß er die Dinge, die er sah, aufzuschreiben hatte, und das Kopfzerbrechen, der Widerwille fast, die daraus resultierten, in seinem Kopf eine Fähigkeit zu abstrahieren, das Wesentliche zu erkennen und zu beachten, die alles, was schließlich im Netz des Geschriebenen hängenblieb, klar und deutlich machte. So geht es wahrscheinlich allen italienischen Autoren des Südens und besonders den Sizilianern: Trotz Gymnasium, Universität und vieler Lektüre.
Der erste Eindruck war, daß der Mann Selbstmord begangen hatte. Die Pistole lag auf dem Fußboden, rechts vom Stuhl, auf dem der Mann saß. Eine alte deutsche Waffe aus dem 1. Weltkrieg, eines jener Souvenirs, das die Kriegsteilnehmer mit nach Hause brachten. Aber es gab ein Detail, das den ersten Eindruck des Brigadiers, es habe sich um Selbstmord gehandelt, widerlegte: Die rechte Hand des Toten schweb-

te nicht, wie es hätte sein müssen, über der zu Boden gefallenen Waffe, sondern lag auf dem Schreibtisch und hielt ein Blatt Papier fest, auf dem zu lesen war: „Ich habe entdeckt." Dieser Punkt hinter dem Wort „entdeckt" flammte im Kopf des Brigadiers auf wie ein Blitz und verwandelte die nicht sonderlich genaue Konstruktion eines Selbstmordes für einen flüchtigen Augenblick in die dahinter liegende Szenerie eines Mordes. Der Mann hatte zu schreiben begonnen „Ich habe entdeckt", so wie er dem Präsidium mitgeteilt hatte, er habe etwas in seinem Haus entdeckt, das zu entdecken er nicht erwartet hatte. Er hatte zu beschreiben begonnen, was er entdeckt hatte, da er zweifelte, daß die Polizei rechtzeitig käme oder vielleicht, weil er sich in der Einsamkeit und Stille zu fürchten begann. Aber dann hatte es an der Tür geklopft. Die Polizei, dachte er, doch es war der Mörder. Vielleicht hatte er sich als Polizist ausgegeben, der Mann hatte ihn hereingebeten, sich wieder an den Schreibtisch gesetzt und zu erzählen begonnen, was er entdeckt hatte. Die Pistole lag vermutlich auf dem Tisch. In seiner wachsenden Furcht war sie ihm wieder eingefallen, und er hatte sie aus ihrem Versteck geholt. Der Brigadier glaubte nicht, daß der Mörder sich mit einer derart alten Waffe ausgerüstet hätte, aber als er sie auf dem Tisch liegen sah,

hatte er sich wahrscheinlich nach ihr erkundigt, sich überzeugt, daß sie funktionierte, sie plötzlich auf den Kopf des anderen gerichtet und geschossen. Danach der grandiose Einfall, den Punkt zu machen nach dem „Ich habe entdeckt“: „Ich habe entdeckt, daß das Leben nicht wert ist, gelebt zu werden“, „Ich habe entdeckt, was die einzige und letzte Wahrheit ist“, „Ich habe entdeckt“, „Ich habe entdeckt“: Das Alles und das Nichts. Es ergab keinen Sinne, aber vom Standpunkt des Mörders aus betrachtet, war es dennoch kein Fehler. Für die These des Selbstmords, die sich natürlich aufdrängen würde (dessen war der Brigadier gewiß), ließen sich aus dem Punkt existenzielle und philosophische Erwägungen herleiten und das vor allem, wenn die Person des Getöteten irgendwelche Anhaltspunkte dafür bot. Auf dem Schreibtisch befanden sich ein Schlüsselbund, ein altes Tintenfaß aus Zinn und die Fotografie einer großen, gutgelaunten Gesellschaft, die man vor mindestens fünfzig Jahren vielleicht sogar draußen im Garten aufgenommen hatte, als um das Haus schattenspendende Bäume in schöner Harmonie standen, wo jetzt nur Gestrüpp wucherte und Reisig herumlag.
Neben dem Blatt mit dem „Ich habe entdeckt“, der verschlossene Füllfederhalter: Eine Raffinesse des Mörders (der Brigadier wurde immer

sicherer, daß es sich um einen Mord handelte), um den Eindruck zu erzeugen, der Mann habe mit jenem Punkt auch hinter sein Leben einen Schlußpunkt setzen wollen.
An den Wänden des Zimmers standen Regale, in denen sich fast keine Bücher mehr befanden. Die verbliebenen Bände waren jahrgangsweise gebundene juristische Zeitschriften, landwirtschaftliche Nachschlagewerke und Einzelhefte einer Zeitschrift mit dem Titel „Natur und Kunst". Ferner gab es einige alte Wälzer, die aufeinander lagen und auf deren Rücken der Brigadier das Wort CALEPINUS las. Er hatte stets geglaubt, ein CALEPINUS sei ein Büchlein, das man in der Tasche trug, ein Notizbuch, ein Handbuch, und es kam ihm komisch vor, die Bezeichnung auf jenen Wälzern zu finden, deren jeder mindestens zehn Kilo wog. Die Sorge, ja keine Fingerabdrücke zu hinterlassen, obwohl er nicht daran glaubte, überwog seine Neugier, einen dieser Bände aufzuschlagen, und aus derselben Sorge durchstreifte er, gefolgt von dem Beamten, das Haus, ohne Möbel oder Klinken zu berühren, und durchschritt nur jene Türen, die geöffnet waren.
Das Haus war weitläufiger, als es von außen den Anschein hatte. Es gab ein großes Speisezimmer mit einem massigen Eichentisch und vier Anrichten aus dem gleichen Holz, die Tel-

ler, Suppenterrinen, Gläser und Kaffeekannen, aber auch altes Spielzeug, Karten und Tischwäsche enthielten. Schlafzimmer gab es zwei, in denen Berge von Matratzen und Kissen auf den Sprungrahmen lagen, eines mit einem Bett, in dem jemand geschlafen zu haben schien und eventuell weitere hinter den Türen, die er nicht öffnete. Das Haus war unbewohnt, Möbel, Bücher, Bilder und Porzellan fehlten (man sah nur noch Zeichen der entfernten Dinge), und doch hatte man das Gefühl, es werde benutzt. Zigarettenstummel lagen in den Aschenbechern, und in den fünf Weingläsern, die man in die Küche gebracht hatte, um sie auszuspülen, befanden sich Weinreste. Die Küche war geräumig, hatte Holzfeuerstellen, einen Backofen und war rundum mit valenzianischen Kacheln verkleidet. Kupferne Töpfe und Pfannen hingen an den Wänden und verbreiteten einen gewissen Glanz in dem dämmerigen Raum, obgleich sie bereits mit Grünspan überzogen waren. Von der Küche öffnete sich eine kleine Tür zu einer aufwärtsführenden Treppe, die eng und dunkel war, so daß man nicht sah, wo sie endete.
Der Brigadier suchte nach einem Lichtschalter, um die Treppe zu beleuchten. Da er keinen anderen Schalter fand als den für die Lampen über den Feuerstellen, versuchte er, im Dunkeln hinaufzugehen. Doch schon nach fünf oder

sechs Stufen mußte er Streichhölzer anzünden und ging zögernd weiter. Er brauchte viele, bevor er eine Art Dachboden erreichte. Der Raum war so niedrig, daß jemand von normaler Körpergröße mit dem Kopf fast das Dach berührte, jedoch so geräumig wie der Speisesaal unten. Er war mit Sofas und durchgesessenen Stühlen, Truhen, leeren Bilderrahmen und verstaubten Drapierungen angeräumt. Verstreut standen an die zehn vergoldete Heiligenbüsten. Eine Büste fiel durch ihre Größe auf. Sie hatte eine silberne Brust, ein schwarzes Mäntelchen und ein Bulldoggengesicht. Die vergoldeten Büsten trugen auf einem barocken Sockel die Namen des betreffenden Heiligen. Um den großen Finsteren als heiligen Ignatius zu identifizieren, reichten die Erfahrungen des Brigadiers mit Heiligen nicht aus.

Der Brigadier zündete das letzte Streichholz an und stieg rasch hinunter. „Ein Dach voller Heiliger", erklärte er dem Beamten, der ihn am Fuße der Treppe erwartete. Ihm war, als hätte es Staub, Spinnweben und Muff geregnet. Er stieg durch das Fenster hinaus und kehrte zurück in den kalten und strahlenden Vormittag. Die Sonne schien, und das Gras war mit Rauhreif benetzt.

Sie umkreisten abermals das Haus, der Beamte immer zwei Schritte hinter ihm. Zwischen Rei-

sig und Gestrüpp fand sich ein Platz, der offensichtlich dazu gedient hatte, Autos zu rangieren, vielleicht Lastwagen. „Hier ist gefahren worden“, sagte der Brigadier. Dann fragte er den Beamten mit einer Handbewegung: „Was hältst du von diesen Türschlössern?“ Er meinte die an den Lagerräumen oder Ställen, die das Haus wie ein Wildwest-Fort umgaben.
„Sie sind neu“, sagte der Beamte.
„Bravo“, sagte der Brigadier.

Binnen weniger als zwei Stunden kamen alle, die kommen mußten: Polizeipräsident, Staatsanwalt, Arzt, der Lieblingsreporter des Polizeipräsidenten und ein Schwarm Beamte. Die Kriminaltechniker waren an ihrem eitlen Gehabe zu erkennen. Sechs oder sieben Autos, die auch noch nach ihrer Ankunft genauso lärmten, hupten und heulten, wie sie aus der Stadt gefahren waren und nicht nur die Neugier der Anrainer, sondern – ein Nebeneffekt, den der Polizeipräsident so lange wie möglich hinauszuzögern wünschte – auch die der Carabinieri erregt hatte. Der Oberst der Carabinieri erschien eine halbe Stunde später, rot im Gesicht, höchst verärgert und, bei allem Respekt vor dem Polizeipräsidenten, streitsüchtig, als sämtliche Türen bereits aufgeschlossen waren, die Abnahme der Fingerdrücke auf gut Glück begonnen hatte und man den Toten von allen Seiten fotografiert hatte. Der Oberst zügelte seinen Zorn und sagte: „Einen Hinweis hättet ihr uns schon geben können." – „Sie müssen entschuldigen", sagte der Polizeipräsident, „aber es ging alles so überstürzt, innerhalb weniger Minuten." – „Ja, ja ...", sagte der Oberst ironisch.
Die Pistole wurde aufgehoben, indem man einen Bleistift zwischen Griff und Abzug schob, dann wurde sie vorsichtig auf ein schwarzes Tuch gelegt und eingeschlagen. „Die Fingerab-

drücke sofort", sagte der Polizeipräsident. Die des Toten hatte man bereits abgenommen. „Eine unnötige Maßnahme", urteilte er, „aber sie ist erforderlich."
„Wieso unnötig?" fragte der Oberst.
„Selbstmord", antwortete der Polizeipräsident feierlich und erreichte damit ungewollt, daß der Oberst eine gegenteilige Ansicht erwog.
„Herr Präsident...", unterbrach der Brigadier.
„Was du zu sagen hast, kannst du in deinem Rapport schreiben... Vorerst..." Aber er wußte vorerst nicht, was noch zu tun oder zu sagen gewesen wäre und wiederholte: „Selbstmord, klarer Fall von Selbstmord."
Der Brigadier versuchte es abermals: „Herr Präsident..." Er wollte von dem Anruf am gestrigen Abend berichten und von diesem Punkt hinter dem „Ich habe entdeckt". Aber der Präsident fertigte ihn ab: „Wir erwarten den Bericht." Er wies auf den Staatsanwalt und sah auf die Uhr. „Am frühen Nachmittag." Dann, zu Staatsanwalt und Oberst: „Der Fall ist einfach, da gibt es nichts zu deuteln. Wir wollen die Sache so rasch wie möglich erledigen... Geh und schreib deinen Bericht, aber sofort."
Automatisch fand der Oberst, daß der Fall sehr verwickelt sei und deshalb nicht so rasch wie möglich erledigt werden dürfe. Unabhängig von der Person ihrer Repräsentanten und nur

vom Vorurteil genährt, brach der unversöhnliche Gegensatz zwischen den beiden Institutionen aus: der Truppe der Carabinieri und dem Korps der Polizei. Ein langer historischer Streit, der sie entzweite, und alle Bürger, die zwischen die Fronten gerieten, waren ihm ausgeliefert.
Der Brigadier sagte: „Zu Befehl!" und ging, um den Streifenwagen zu suchen, der ihn hergebracht hatte und der inzwischen zurückgekehrt war. Aber da der Präsident ihn gekränkt hatte und ihm fast völlig jene Eigenschaft fehlte, die man Korpsgeist nennt – das heißt, das Korps, dem man angehört, über alles zu stellen, es für unfehlbar zu halten, im Falle von Fehlbarkeit für unantastbar und jedenfalls voller Weisheit, auch dort, wo es irrte –, hatte er einen listigen Einfall.
Am Steuer des Wagens, in dem der Oberst gekommen war, saß der Brigadier (der Carabinieri), der ihn fuhr. Unser Brigadier ging hin und setzte sich neben ihn, denn er kannte ihn gut, wenngleich er ihm mißtraute, und berichtete ihm alles, was er über den Fall wußte; alle seine Vermutungen. Er zeigte ihm auch die neuen, glänzenden Schlösser an den Türen der Lagerräume und kehrte dann erleichtert ins Büro zurück, um in gut zwei Stunden all das aufzuschreiben, was er dem dienstgradmäßig Gleichstehenden in fünf Minuten erzählt hatte.

So erfuhr der Oberst, als er in die Stadt zurückkehrte, von seinem Brigadier alles, was notwendig war, um den Fall komplizierter zu machen, als es dem Polizeipräsidenten lieb war.

Obwohl Sonntag war und der heilige Josef gefeiert wurde, trafen im Polizeipräsidium und im Hauptquartier der Carabinieri schon bald die Auskünfte der Meldebehörde, des Grundbuchamts und anderer, mehr oder weniger vertraulicher Informanten ein. Sie lauteten gleich oder fast gleich und stammten alle von den gleichen oder fast den gleichen Stellen. Zumindest eine der beiden Ermittlungsbehörden hätte sich deshalb Zeit und Mühe sparen und diese anderweitig verwenden können, wenn sie zusammengearbeitet hätten. Aber spekulieren wir nicht über etwas so Undenkbares, wie die Zusammenarbeit zwischen einem Baumeister und einem Sprengstoffattentäter (und es versteht sich, daß keiner der beiden Parteien die eine oder andere Rolle unterstellt werden soll).
Die Identität des Opfers: Giorgio Roccella aus Monterosso, geboren am 14. Jänner 1923, ebenda, Diplomat im Ruhestand. Er war italienischer Konsul in verschiedenen europäischen Städten gewesen und hatte sich schließlich in Edinburg niedergelassen, wo er mit einem zwanzigjährigen Sohn wohnte. Von seiner Frau lebte er getrennt. In Italien war er etwa fünfzehn Jahre nicht gewesen und erst am 18. März 1989 hierher zurückgekehrt, um noch am gleichen Tag auf tragische Weise umzukommen. Er war der Alleineigentümer der Reste eines ehe-

mals reichen und vielfältigen Familienbesitzes, um den er sich aber nicht kümmerte: Ein halbverfallenes Haus in der Stadt, das Landhaus und ein wenig Grundbesitz drumherum. An seinem Ankunftstag hatte er im Restaurant „Le tre candele“ gegessen, wo er Spaghetti in schwarzer Soße vom Tintenfisch und Tintenfischsalat bestellt hatte, und war dann in einem Taxi zum Landhaus gefahren. Dem Taxichauffeur sagte er, er wolle sich erst vergewissern, ob seine Schlüssel noch paßten und die Tür sich öffnen ließe. Danach hatte er ihn weggeschickt und gebeten, am nächsten Morgen um elf wiederzukommen. „Ich leide unter Schlaflosigkeit“, erklärte er, „und werde die ganze Nacht arbeiten.“ Aber als der Taxifahrer am nächsten Vormittag um elf den Auflauf von Polizei und Carabinieri sah, kehrte er um, ohne zum Haus hinaufzufahren. Vielleicht, so dachte er, war der Mann ein gefährlicher Krimineller. Und warum sollte er sich Scherereien machen?
Der Rapport des Brigadiers, der auf Mord hinwies, irritierte den Polizeipräsidenten ebenso wie die Information, daß das Opfer sich von seiner Frau getrennt hatte (oder, was ihm lieber war: die Frau sich von ihm). Beides betrachtete er deshalb als Bestätigung seiner Selbstmord-These. Die Frage, warum Roccella zuvor die Polizei gerufen hatte, mußte er sich zwar stellen,

aber sie beunruhigte ihn nicht: Vermutlich wollte Roccella einfach nur Aufsehen erregen und sich interessant machen, indem er die Polizei praktisch einlud, zu seinem Selbstmord zu kommen. Eine Wahnsinnstat, kurz gesagt. Der Brigadier, der dem Inhalt der Informationen mehr Aufmerksamkeit schenkte, wies den Präsidenten jedoch darauf hin, daß die Trennung von der Frau bereits vor zwölf Jahren erfolgt sei. Auch wenn ein solches Ereignis schmerzlich sein mochte, so sei doch kaum vorstellbar, daß die Verzweiflung erst zwölf Jahre später ihren Höhepunkt erreichen sollte. Stattdessen erreichte die Verärgerung des Präsidenten über den Brigadier ihren Höhepunkt. „Solche Bemerkungen stehen dir nicht zu", sagte er. „Laß den Kommissar kommen, wo immer er auch sein mag."

Der Kommissar war, wie er am Samstag angekündigt hatte, bis Montagmorgen unauffindbar. Der Brigadier war schon da, als dieser um acht das Büro betrat, behutet, bemantelt, behandschuht und in einen Schal gehüllt, der den Mund bedeckte. Er schüttelte sich und zitterte am ganzen Körper: „Eine Kälte hier drin, fast wie draußen. Die Vögel würden tot vom Himmel fallen.“
Er habe von der Sache durch Radio und Zeitungen erfahren, sagte er, las den dürren Bericht des Brigadiers ohne ein Wort zu sagen und ging, um mit dem Präsidenten zu reden.
Als er wiederkam, schien er über den Brigadier verärgert zu sein. „Mach bloß keine Geschichten“, warnte er. Aber die Geschichte lag schon in der Luft. Sie wurde genähert durch Professor Carmelo Franzò, einen alten Freund des Opfers, der zwei Stunden später das Büro betrat. Er berichtete, daß Giorgio Roccella am Samstag, dem 18., völlig unerwartet in seinem Haus erschienen sei. Erklärung für diese plötzliche Reise: Er hätte sich daran erinnert, daß in einer Truhe, die noch auf dem Dachboden des Landhauses stehen müsse, zwei Bündel mit alten Briefen lägen: Eines von Garibaldi an seinen Urgroßvater, das andere von Pirandello an seinen Großvater (sie hatten zusammen das Gymnasium besucht), und ihm sei der Gedanke gekommen, ein wenig

darüber zu arbeiten. Er fragte, ob der Professor ihn ins Landhaus begleiten wolle, aber der mußte ausgerechnet an diesem Nachmittag die regelmäßige und unaufschiebbare Dialyse machen, um nicht an seinen Körpergiften zugrundezugehen. Er wäre nach all den Jahren gerne mitgefahren, um sich an der Suche zu beteiligen. Beim Auseinandergehn verabredeten sie sich für den nächsten Tag, den Sonntag, aber am Abend des Sonntag brachte das Radio schon die Nachricht vom Tod des Freundes.

Doch der Professor hatte weitere und schwerwiegende Informationen. Am Abend des Samstag ein Telefonanruf des Freundes. Er telefonierte aus dem Landhaus und sagte als erstes: „Ich wußte nicht, daß sie hier ein Telefon gelegt haben." Dann sagte er, daß er auf der Suche nach den Briefen auf dem Dachboden ein berühmtes Bild entdeckt habe. Jawohl: entdeckt. „Was für ein Bild?" hatte der Professor gefragt. „Das vor einigen Jahren verschwunden ist. Erinnerst du dich nicht?" hatte Roccella geantwortet. Der Professor war nicht sicher, ob er verstanden hatte, um welches Bild es sich handelte, aber er riet ihm, auf jeden Fall die Polizei zu rufen.

„Was für eine verworrene Geschichte", sagte der Kommissar, halb ungläubig, halb besorgt. „Das Bild, das Telefon; zwei Dinge, die Signor

Roccella, in dem Augenblick, als er Sie anrief, soeben erst entdeckt hatte..." Und noch etwas ungläubiger zum Professor: „Haben Sie ihm geglaubt?"
„Ich habe ihm das ganze Leben lang geglaubt. Warum hätte ich ihm ausgerechnet vorgestern nicht mehr glauben sollen?"
Der Brigadier hatte unterdessen das Telefonbuch genommen, blätterte, suchte und las: „Roccella Giorgio, Monterosso, Contrada Cotugno, 342260... Im Telefonbuch steht er."
„Danke", sagte der Kommissar säuerlich. „Aber das ist nicht der Punkt, der mich interessiert. Was mich verwirrt, ist die Tatsache, daß er nichts davon gewußt haben soll."
„Wir könnten...", begann der Brigadier.
„Du kannst, und zwar sofort... Geh zum Telegraphenamt und notier dir die Einzelheiten des Antrags, Datum der Einrichtung, wer die Rechnungen bezahlt... Laß dir von allem Fotokopien machen..." und zum Professor: „Kehren wir zu diesem berühmten Bild zurück: Erst war es verschwunden, dann hat Ihr Freund es wiedergefunden und jetzt ist es vermutlich abermals verschwunden. Ich hatte den Eindruck, Sie könnten sich denken, was für ein Bild Ihr Freund gemeint haben könnte..."
„Sie etwa?" gab der Professor zurück.
„Ich nicht", sagte der Kommissar. „Ich verstehe

nichts von Bildern. Und was die verschwundenen betrifft, von denen es in Italien viele gibt, so habe ich einen Kollegen in Rom, der darauf spezialisiert ist. Wir werden ihn konsultieren... Aber bis dahin sagen Sie mir, um was für ein verschwundenes Bild es sich Ihrer Ansicht nach handelt..."

„Ich bin kein Spezialist für verschwundene Bilder", sagte der Professor.

„Aber eine Meinung werden Sie haben."

„Es ist dieselbe, die Sie haben sollten."

„Himmel: Immer das gleiche mit den Professoren."

„Auch mit den Kommissaren", gab der Professor bitter zurück.

Der Kommissar hielt an sich. Einen anderen hätte er in die Arrestzelle gesteckt, doch Professor Franzò war in der ganzen Stadt bekannt und hochverehrt. Generationen von Schülern erinnerten sich warm und dankbar an ihn. Deshalb sagt er nur: „Wiederholen Sie mir bitte so genau wie möglich, was Ihr Freund Ihnen persönlich und telefonisch gesagt hat."

Der Professor war nervös, so nervös, daß er stotterte, als er alles zu wiederholen begann.

„Haben Sie auch nichts ausgelassen?" stichelte der Kommissar.

„Ich habe ein gutes Gedächtnis und die Angewohnheit, nichts auszulassen."

„Gut, gut", sagte der Kommissar, „aber denken Sie daran, daß Sie demnächst alles noch einmal bestätigen müssen. Vor dem Staatsanwalt."
Der Professor lächelte zugleich mitleidig und verächtlich. Der Polizeipräsident, der ein Schüler des Professors gewesen war, trat ein und machte dem Wortwechsel ein Ende.
„Sie hier, Professor?"
„Ja, und mit einer interessanten Geschichte", sagte der Kommissar.
Doch die Rückkehr des Brigadiers sorgte für neue Aufregung. „Der Antrag ist da, vor drei Jahren gestellt, aber mit gefälschter Unterschrift... Die Carabinieri sind schon dahintergekommen."
„Verflucht!" rief der Präsident. Er meinte die Carabinieri.

Nachdem die Selbstmordthese, die der Polizeipräsident zunächst verfolgt und der Oberst der Carabinieri sofort verworfen hatte, infolge der Aussage des Professors hinfällig war, wurden die beiden Streithähne von ihren Vorgesetzten aufgefordert, sich zu treffen und Informationen und Mutmaßungen auszutauschen. Sie trafen einander, wie man so sagt, mit zusammengebissenen Zähnen, doch es gelang ihnen nicht, völlig unbestimmt und unvernünftig zu bleiben.

Sie rekapitulierten: Signor Roccella, den die Laune überkam, die Briefe von Garibaldi und Pirandello wiederzufinden, war nach langen Jahren unerwartet zurückgekehrt. Er hatte seinen Freund besucht und war ins Restaurant essen gegangen. Er holte aus seinem Stadthaus die Schlüssel oder hatte sie schon bei sich und ließ sich mit dem Taxi zum Landhaus fahren. Dort ließ er sich absetzen, nachdem er festgestellt hatte, daß die Schlüssel noch paßten, und begann mit seiner Suche. Aber was hatte sich anschließend ereignet? Er hatte einen Telefonanschluß entdeckt, schien darüber jedoch nicht sonderlich überrascht zu sein, nach dem, was der Professor berichtet hatte. Das bedeutete, daß er sich denken konnte, wer das Telefon einleiten hatte lassen. Was ihn dagegen sehr überrascht und vielleicht sogar geängstigt hatte, war die Entdeckung des Bildes auf dem Dachboden, wo er nach den Briefen suchen wollte. Deshalb der Anruf bei dem Freund und der Anruf bei der Polizei. Und da die Polizei nicht kam, hatte er zu schreiben begonnen: „Ich habe entdeckt..." Daß er sich fürchtete, ging auch daraus hervor, daß er die alte Mauser hervorgeholt hatte. Und genau in dem Moment hörte er es vermutlich klopfen. Endlich die Polizei. Er ging, um aufzumachen. Doch es war sein Mörder.

Punkte, die überprüft werden mußten: War das Telefon wirklich ohne sein Wissen errichtet worden? War er wirklich nur ins Landhaus gefahren, um die Briefe von Garibaldi und Pirandello zu suchen? Hatte er tatsächlich *jenes* Bild gefunden oder handelte es sich vielleicht um ein Familienporträt, an das er sich nicht mehr erinnerte und das zwischen dem ganzen Plunder auf dem Dachboden aufgetaucht war?

Die Villa mußte noch einmal und gründlicher durchsucht werden. Aber während sie dies vereinbarten, ereignete sich eine Geschichte, die für weitere Verwirrung sorgte.

Ein Personenzug, der um diese Zeit – zwei Uhr nachmittags – im allgemeinen voll von Schülern war, war durch das Streckensignal vor dem Bahnhof von Monterosso angehalten worden. Er hatte gewartet, daß das Signal umgeschaltet

wurde, aber eine halbe Stunde lang stand die Ampel schon unverändert auf Rot.
Neben der Strecke lief die Bundesstraße. Schüler und Eisenbahner stiegen aus und verwünschten den Bahnhofsvorsteher, der entweder vergessen hatte, die Strecke freizugeben oder eingeschlafen war.
Auf der Straße verkehrten um diese Zeit kaum Autos, und nur einer hielt an, um zu fragen, was mit dem Zug geschehen sei. Ein Volvo. Der Zugführer bat den Fahrer um eine Gefälligkeit. Er solle am Bahnhof von Monterosso aussteigen und den Bahnhofsvorsteher wecken. Der Volvo fuhr zum Bahnhof hinauf. Sie sahen ihn anhalten und danach verschwinden. Offensichtlich war er über einen anderen Seitenweg wieder hinuntergefahren.
Da die Ampel weiter auf Rot stehenblieb, lief der Zugführer, gefolgt von ein paar Fahrgästen, zu Fuß die fünfhundert Meter zum Bahnhof, wo sie mit Entsetzen feststellten, daß der Bahnhofsvorsteher und der Gehilfe tatsächlich schliefen, jedoch den ewigen Schlaf. Sie waren ermordet worden.
Diesmal wurden sowohl die Carabinieri als auch die Polizei alarmiert, die sich beide sofort auf die Suche nach dem Mann mit dem Volvo machten. Es war keine schwierige Suche, wenn man davon ausging, daß es in der ganzen Pro-

vinz nicht mehr als dreißig Volvos gab – ein Gedanke, der auch dem Mann im Volvo kam, als er aus dem Radio erfuhr, daß die Polizei ihn suchte. Er begriff, daß man ihn bald finden würde und begab sich deshalb ins Polizeipräsidium: unfreiwillig und beklommen, jedoch, wie es im Rubrum des Protokolls hieß: spontan. Name, Vorname, Geburtsort und -datum, Wohnsitz, Beruf. Ob er jemals mit der Justiz zu tun gehabt habe.

„Nicht einmal eine Geldstrafe", sagte der Mann. Aber die Berufsangabe verschaffte dem Kommissar das unsägliche Vergnügen, ein scharfes Verhör durchzuführen: Arzneimittelvertreter.

„Sie besitzen einen Volvo?"

„Offensichtlich."

„Sagen Sie nicht offensichtlich, wenn ich Sie etwas frage ... So ein Volvo ist ziemlich teuer."

Der Mann bejahte.

„Gehören zu den Arzneimitteln, die Sie vertreiben, auch Heroin, Kokain, Opium?"

„Hören Sie", sagte der Mann und ließ sich seinen Ärger und seine Furcht nicht anmerken, „ich bin freiwillig hergekommen, um Ihnen zu erzählen, was ich gestern nachmittag gesehen habe."

„Dann erzählen Sie mal", sagte der Kommissar mit skeptischer Miene.

„Ich bin zum Bahnhof hinaufgefahren, nachdem mich der Zugführer darum gebeten hatte und habe am Fenster des Bahnhofsvorstehers geklopft. Er hat mir aufgemacht ..."
„Wer?"
„Der Bahnhofsvorsteher, nehme ich an."
„Sie kannten ihn also nicht."
„Nein. Ich habe ihm ausgerichtet, was der Zugführer mir aufgetragen hatte. Es war nicht viel zu sehen von seinem Büro. Außer ihm waren noch zwei Männer im Raum, die einen Teppich zusammenrollten ... Ich bin dann gefahren."
„Eine andere Strecke", sagte der Kommissar, „man hat Sie nicht zurückkommen gesehen ... Nun gut: Jemand hat also einen Teppich zusammengerollt."
„Das Bild", entfuhr es dem Brigadier.
Der Kommissar blitzte ihn mit einem Blick an: „Vielen Dank, da wäre ich auch ohne deine Hilfe draufgekommen."
„Aber nein", sagte der Brigadier, „ich würde mir nicht erlauben ..." Arglos und verwirrt fügte er hinzu: „Sie haben einen Doktortitel."
Die Bemerkung wirkte ironisch und reizte den Kommissar, der seine Wut jedoch gegen den Volvo-Fahrer richtete. „Es tut mir leid, aber ich muß Sie hierbehalten. Wir haben eine Menge zu überprüfen."

Der Brigadier Antonio Lagandara stammte aus dem Bauerndorf, das so nahe bei der Stadt lag, daß es inzwischen eingemeindet war. Sein Vater hatte als Tagelöhner angefangen, sich bis zum Okulierer hinaufgearbeitet und war ein begehrter Fachmann gewesen. Er starb durch einen Sturz von einem Baum, den er von trockenen Zweigen befreite, als sein Sohn das letzte Jahr zur Fachschule für Wirtschaft und Handel ging. Der Junge hatte den Abschluß gemacht, aber da er nicht wußte, was er tun sollte und nichts fand, hatte er sich bei der Polizei gemeldet und war nach fünf Jahren zum Unteroffizier befördert worden. Der Beruf machte ihm Spaß und er wollte Karriere machen. Deshalb hatte er sich an der juridischen Fakultät eingeschrieben und besuchte die Universität, wann immer er konnte. Der Doktor der Rechte war der Traum seines Lebens. Aus reiner Naivität machte er deshalb jene Bemerkung, die der Kommissar für boshaft hielt. Dieser war noch immer beleidigt, als der Brigadier den Volvo-Fahrer in die Arrestzelle begleitet hatte und zurückkam. Die Protestschreie des Mannes waren im ganzen Haus zu hören. „So, ich habe einen Doktor, was?... Ich begreife nicht, ob du wirklich so naiv bist oder nur so tust... Doktor! In einem Land, wo inzwischen sogar Amtsdiener, Kellner und selbst Straßenkehrer einen Doktor haben."

„Verzeihen Sie", sagte der Brigadier trotzig.
„Lassen wir das ... Ich gehe jetzt zum Präsidenten. In einer Viertelstunde bringst du den Volvo-Fahrer in sein Büro."
Im Büro des Polizeipräsidenten saß der Oberst der Carabinieri, den der Kommissar ebenfalls benachrichtigt hatte. Als der Volvo-Fahrer mit dem Brigadier hereinkam, fragte der Polizeipräsident: „Sie haben also im Büro des Bahnhofsvorstehers drei Männer gesehen, die einen Teppich einrollten. Befand sich darin eine Leiche?"
„Eine Leiche? Nein, bestimmt nicht."
„Wie breit war der Teppich?"
„Ich weiß nicht ... Vielleicht eineinhalb Meter."
„Wie können Sie behaupten, daß es ein Teppich war?" fragte der Oberst.
„Ich behaupte gar nichts. Es schien mir ein Teppich zu sein."
„Beschreiben Sie ihn."
„Ich glaube, sie rollten ihn umgedreht ein. Rauhe, grobe Leinwand ..."
„Aber die Rückseite eines Teppichs sieht anders aus. Halten Sie es für möglich, daß es ein Gemälde war, das eingerollt wurde?"
„Das ist möglich", sagte der Mann.
„Reden wir über etwas anderes. Diese Männer ... Sie sagten, sie seien zu dritt gewesen."
„Ja, drei."

Der Präsident zeigte ihm zwei Fotografien: „Hier sind zwei von ihnen. Erkennen Sie sie?“ Er wollte ihm eine Falle stellen, und der Mann verwünschte ihn insgeheim. „Was heißt, erkennen? Die zwei habe ich nie gesehen.“
„Wissen Sie, wer das ist? Der Bahnhofsvorsteher und sein Gehilfe. Die zwei, die ermordet worden sind.“
„Aber ich habe sie noch nie gesehen!“
„Sie haben aber behauptet, Sie hätten den Bahnhofsvorsteher gesehen und mit ihm geredet.“
„Mit jemand, den ich für den Bahnhofsvorsteher gehalten habe.“
„Es tut mir leid“, sagte der Präsident, „aber wir müssen Sie noch hierbehalten.“
Der Pechvogel begann wieder lauthals zu protestieren.

Polizeipräsident und Oberst erörterten mit dem Staatsanwalt das Ergebnis ihrer Ermittlungen. Der Staatsanwalt verfiel in tiefes Brüten, dann sagte er: „Wißt ihr, was ich denke? Ob zufällig oder nicht, der Mann mit dem Volvo betritt das Büro des Bahnhofsvorstehers, sieht das Bild, bringt die zwei um und nimmt es mit."
Präsident und Oberst wechselten einen mitleidigen Blick. „Dieser Volvo-Fahrer ist mir gleich ans Herz gewachsen. Ich irre mich selten, wenn ich eine Ahnung habe. Gebt gut auf ihn acht."
Er verabschiedete sich, da er mit dem alten Professor Franzò verabredet war.
Draußen sagte der Präsident: „Mein Gott!"; und der Oberst: „Entsetzlich!"
Der Staatsanwalt erhob sich, um seinen alten Lehrer zu empfangen. „Wie ich mich freue, Sie wiederzusehen, nach so vielen Jahren!"
„Zu viele, und sie wiegen schwer", räumte der Professor ein.
„Was reden Sie da? Sie haben sich nicht im geringsten verändert, rein äußerlich."
„Sie schon", sagte der Professor mit der gewohnten Freimütigkeit.
„Diese verfluchte Arbeit ... Aber warum siezen Sie mich?"
„Schon immer", sagte der Professor.
„Aber jetzt ..."
„Nein."

„Kennen Sie mich nicht mehr?"
„Selbstverständlich erinnere ich mich an Sie."
„Darf ich Ihnen eine Frage stellen? Bevor wir zu den anderen Fragen kommen... In Italienisch gaben Sie mir immer nur schlechte Noten, weil ich abschrieb. Aber einmal kriegte ich eine bessere. Warum?"
„Weil Sie von einem intelligenteren Autor abgeschrieben hatten."
Der Staatsanwalt brach in Gelächter aus. „Das Italienisch. Ich war ziemlich schwach in Italienisch. Aber das war nicht weiter schlimm, wie Sie sehen. Jetzt bin ich italienischer Staatsanwalt..."
„Die Frage ist, ob man die Sprache zum Denken benutzt. Mit weniger Italienisch wären Sie vielleicht noch weiter oben gelandet."
Die Bemerkung war ätzend. Der Staatsanwalt erbleichte. Und begann ein forsches Verhör.

Aus Edinburg kam der Sohn des Opfers, aus Stuttgart die Ehefrau, und beide am gleichen Tag. Das Treffen zwischen Mutter und Sohn war auch für die anwesenden Ermittler unerfreulich. Die Ehefrau war offensichtlich gekommen, um so viel als möglich von der Erbschaft zu ergattern; der Sohn, um es zu verhindern, vor allem jedoch, um zu erfahren, warum und von wem sein Vater ermordet worden war.

Die Begegnung fand im Büro des Präsidenten statt. Sie grüßten einander nicht. Der Gruß des Sohnes bestand aus einem trockenen: „Du kannst nach Stuttgart zurückfahren, hier ist nichts zu holen."

„Das hast du nicht zu bestimmen."

„Das bestimmt nicht ich, sondern die Dokumente, die mein Vater schon vor Jahren hat registrieren lassen."

„Ich bin mir nicht sicher, ob diese Dokumente etwas wert sind. Sie könnten anfechtbar sein. Einigen wir uns. Wir verkaufen alles und gehen wieder."

„Ich verkaufe nicht. Vielleicht bleibe ich. Vor vielen Jahren, als meine Großeltern noch lebten, war ich eine Weile hier. Ich habe schöne Erinnerungen an die Zeit ... Ja, vielleicht bleibe ich ... Mein Vater und ich haben uns oft überlegt, zurückzukommen und hier zu leben."

„Dein Vater!" sagte die Frau sarkastisch.

„Willst du behaupten, er war nicht mein Vater?... Hör zu: Seine Mutter kann man sich nicht aussuchen, und ich hätte dich bestimmt nicht genommen... Du hättest gewiß auch lieber einen anderen Sohn gehabt... Aber den Vater, den kann man sich aussuchen, und ich habe mich für Giorgio entschieden. Ich habe ihn geliebt und beweine seinen Tod. Er war mein Vater. Du nimmst es zu wichtig, daß du mit einem anderen Mann im Bett gewesen bist, oder mit mehreren."
Die gelackte und beringte Hand der Mutter klatschte auf die Wange des Sohnes. Der Junge wandte ihr den Rücken zu und betrachtete das Bücherregal, als ob es ihn wirklich interessierte. Er weinte.
Der Präsident sagte: „Das ist Ihre Angelegenheit. Mich interessiert, ob Sie irgendwelche Vorstellungen oder Anhaltspunkte haben, die die Ermordung Ihres Mannes betreffen."
Die Signora zuckte die Achseln. „Er war Sizilianer", sagte sie, „und die Sizilianer bringen sich seit Jahren gegenseitig um. Ich weiß nicht warum."
„Ein unwiderlegbares Urteil", sagte der Sohn ironisch und wandte sich wieder dem Schreibtisch des Präsidenten zu.
„Und Sie, was glauben Sie? Wissen Sie etwas?" fragte ihn der Präsident.

„Über die Gründe für seine Ermordung nichts, aber ich hoffe, früher oder später von Ihnen etwas darüber zu erfahren... Ansonsten..." Er berichtete von der Entscheidung seines Vaters herzukommen, um die Briefe von Garibaldi und Pirandello zu suchen, von seinem Kummer, ihn nicht begleiten zu können und dem Telefonanruf des Vaters, der ihm versichert hätte, er habe eine angenehme Reise gehabt. Sonst nichts.

„Erzählen Sie mir etwas über seinen Besitz hier. Hatte Ihr Vater ihn tatsächlich aufgegeben?"

„Ja und nein. Mein Vater schrieb von Zeit zu Zeit an jemand, ich glaube an einen Pfarrer, um sich nach dem Zustand zu erkundigen."

„War der Pfarrer denn mit der Erhaltung betraut?"

„Nicht richtig, glaube ich."

„Schickte Ihr Vater ihm Geld?"

„Ich glaube nein."

„Antwortete er auf die Briefe Ihres Vaters?"

„Ja, er schrieb immer, es wäre alles in gutem Zustand."

„Hatte der Pfarrer die Schlüssel für das Stadthaus und das Landgut?"

„Ich weiß nicht."

„Erinnern Sie sich an den Namen?"

„Cricco, glaube ich... Pater Cricco. Aber ich bin mir nicht sicher."

Pater Cricco – ein stattlicher und würdiger Mann im Talar – bestätigte, daß er keine Schlüssel gehabt habe. Er überwachte das Stadthaus und das Landgut von außen, und seine Nachrichten beschränkten sich darauf, zu versichern, daß sie noch standen und keine sichtbaren Zerstörungen oder irreparablen Schäden aufwiesen.

Der Kommissar vernahm ihn mit diskreter Umständlichkeit, und der Brigadier protokollierte.

„Sie gehören zu den wenigen Pfarrern, die sich noch kleiden wie ein Pfarrer", begann er. „Ich weiß nicht warum, aber es rührt mich irgendwie."

„Ich bin ein Geistlicher vom alten Schlag, und Sie sind ein Katholik vom alten Schlag. Das ist gut für uns beide, möchte ich in aller Überheblichkeit sagen."

„Wie beurteilen Sie diesen Fall? Als Geistlicher, als intelligenter Mann, als Freund des Toten."

„Trotz des Aufhebens, das um die Sache gemacht wird, muß ich gestehen, daß ich die Hypothese des Selbstmordes für nicht so abwegig halte. Giorgio war in seinem Innersten kein zufriedener Mensch."

„Ja, diese Frau; dieser Sohn, der nicht sein Sohn war..."

„Aber wie es scheint, hat die kriminaltechnische Untersuchung ergeben..."

„Ja, man hat die Fingerabdrücke des Toten an der Waffe gefunden, aber dort, wo er sie anfassen mußte, um sich zu erschießen, sind sie wie weggewischt. Als ob jemand, der einen Handschuh trug, sie in der Hand gehabt hätte... Aber ich gebe nicht viel auf solche Untersuchungen, bei allem Respekt vor dem Experten."

Der Brigadier, der seine Unart, dazwischenzureden, nicht unterdrücken konnte, sagte: „Ich halte auch nicht viel von ihnen. Aber es ist kaum vorstellbar, daß ein Mann, der mit einer Pistole hantiert hat, sich einen Handschuh überzieht, um Selbstmord zu begehen, sich erschießt, und dann noch die Zeit findet, sich den Handschuh wieder auszuziehen und ihn verschwinden zu lassen. Das ist Hellzapoppin'."

„Das amüsiert dich, äh? Amüsier dich nur weiter", sagte der Kommissar verkniffen.

Polizeiliche und gerichtliche Dienststellen beschlossen, Ehefrau und Sohn sowie Professor Franzò zu begleiten und das Landhaus noch einmal zu durchsuchen. Die Abordnung bestand aus dem Kommissar, dem Brigadier und einem Haufen Polizisten. Pater Cricco lehnte die Einladung ab: es würde ihn zu sehr aufregen und seine Anwesenheit sei völlig überflüssig.
Der Brigadier holte den Professor zu Hause ab und war erfreut, die kurze Fahrt mit ihm allein im Wagen zurückzulegen. Das Gespräch mit einer Person, die im Ruf stand, intelligent zu sein und Kultur zu besitzen, versetzte ihn in eine Art Rauschzustand. Doch der Professor sprach nur von seinen Krankheiten, und dem Brigadier blieb lediglich der Satz im Gedächtnis, von einem bestimmten Punkt des Lebens an sei der Tod nicht das Letzte, worauf man hofft, sondern die letzte Hoffnung; eine Ansicht, die er im Saft seiner dreißig Jahre nicht zu würdigen wußte.
Der Professor kannte den Ort. Viele Stunden seiner Kindheit und Jugend hatte er hier mit seinem Freund verbracht. Er deutete auf die Lagerräume, nachdem sie die Einfriedung betreten hatten, und sagte, dies seien früher die Ställe gewesen. Mit Erstaunen sah der Brigadier, daß sie offenstanden und die Schlösser ver-

schwunden waren. Er überlegte, ob es die Carabinieri gewesen seien, sprach mit dem Kommissar, und als sie im Haus waren, wurden die Carabinieri angerufen. Sie waren es nicht gewesen und wußten auch nichts davon.
Aufgeregt untersuchte der Brigadier die Lagerräume. Es roch unmerklich nach verbranntem Zucker, gemahlenen Eukalyptusblättern und Alkohol. Kurz: nach etwas Undefinierbarem. Er sagte zum Kommissar: „Merken Sie was? Diesen Geruch?“
„Ich rieche nichts. Ich bin stark erkältet.“
„Man sollte ein paar Experten kommen lassen. Die Chemiker; und die Suchhunde der Finanzpolizei.“
„Der beste Spürhund bist du“, sagte der Kommissar. „Aber meinetwegen, lassen wir die Experten und Spürhunde kommen.“
Die anderen warteten vor der Tür des Landhauses. Der Kommissar hatte die Schlüssel, gab sie dem Brigadier und sagte:
„Mach auf und geh vor. Ich bin zum ersten Mal hier.“
Alles drängte hinein. Die Polizisten stürmten los, als wollten sie einen Einbrecher überraschen, der Junge schaute sich um und seine Augen glänzten vor Erregung, und nur die Ehefrau wirkte unbeteiligt, fast gelangweilt.

Im Erdgeschoß gab es nichts, was die Beamten nicht schon gesehen hätten. Sie stiegen in den ersten Stock hinauf und betraten die Küche. Die kleine Tür zum Dachboden war offen und man sah nichts. Alles blieb stehen. Der Kommissar drängte sich vor und eilte mit sicherem Schritt das Holztreppchen hinauf. Als er oben war, erstrahlte der Dachboden in hellem Licht. Nun stiegen auch die anderen hinauf.
Der Brigadier tappte vorsichtig durch den aufgehäuften Trödel und ließ den Blick rundum über die Wände streifen.
„Was suchst du?" fragte der Kommissar.
„Den Lichtschalter."
„Den hast du noch nie gefunden. Aber es ist ganz einfach. Er ist hinter der Büste des heiligen Ignatius."
„Aber man sieht ihn nicht", sagte der Brigadier.
„Intuition", sagte der Kommissar und witzelte: „Jetzt sag nicht wieder, ich hätte ihn gefunden, weil ich Doktor bin." In seinen Augen stand das blanke Entsetzen.
„Das werde ich nicht sagen", antwortete der Brigadier finster.

Alles war von einer dicken Staubschicht bedeckt, und auf der Truhe zeichneten sich im Staub die Umrisse von etwas ab, das dort gelegen hatte. Das eingerollte Bild, dachte der Brigadier. Der arme Roccella hatte es gesehen, noch bevor er die Truhe geöffnet hatte, um die Briefe zu suchen: die von Garibaldi und die von Pirandello. Sie lagen noch darin und waren verpackt. Vor fernen Jahren hatte auch der Professor sie einmal gesehen. Er blätterte die Briefe Pirandellos durch und las gelegentlich einen Satz. Im Alter von achtzehn Jahren hatte Pirandello sich darüber Gedanken gemacht, was er bis über sein sechzigstes Jahr hinaus schreiben sollte.

Auf der Rückfahrt sagte der Professor zum Brigadier: „Diese Briefe von Pirandello würde ich gerne etwas gründlicher durchsehen."

„Ich glaube nicht, daß es schwierig sein wird, sie Ihnen anzuvertrauen." Aber seine Gedanken waren woanders. Er war ärgerlich, unruhig und nervös und hatte das Bedürfnis, sich jemand anzuvertrauen und sein Herz auszuschütten. Er stellte den Wagen ab und begann haltlos zu weinen. „Seit drei Jahren sitzen wir zusammen, im gleichen Büro."

„Ich verstehe", sagte der Professor. „Der Schalter?"

„Der Schalter ... Sie haben selber gehört, wie er gesagt hat, er sei noch nie in diesem Haus gewesen. Ich habe eine Schachtel Streichhölzer gebraucht und ihn nicht gefunden. Die anderen haben mit Taschenlampen danach gesucht... Und er findet ihn auf Anhieb, mit sicherem Griff."

„Ein unverzeihlicher Fehler", sagte der Professor.

„Aber wie konnte ihm das passieren? Was ist in dem Augenblick in ihm vorgegangen?"

„Vielleicht eine momentane, plötzliche Schizophrenie. Er war in dem Augenblick der Polizist, der sich selber jagt." Und als spräche er mit sich selbst, fügte er geheimnisvoll hinzu: „Pirandello."

„Ich würde Ihnen gerne erzählen, ausgehend von diesem Lichtschalter, wie der Fall für mich rein arithmetisch aussieht."

„Rein arithmetisch...", lächelte der Professor. „Da bleiben noch einige Fragen offen."

„Deshalb bitte ich Sie, mir zu helfen."

„Soweit ich das kann... Kommen Sie mit zu mir nach Hause. Da ist es gemütlicher."

Sie sprachen stundenlang miteinander und kamen zu dem Schluß, daß das verschwundene Bild nur eine unerhebliche Nebensächlichkeit gewesen sei; eine Art Laune dieser Verbrecherbande. An jenem Ort wurde etwas ganz anderes gemacht, und deshalb war der arme Roccella, als er überraschend auftauchte, ermordet worden.

Als sie sich an der Tür verabschiedeten, fragte der Professor: „Haben Sie die Absicht ..."

„Ich weiß es nicht", sagte der Brigadier. „Ich weiß es nicht." Er war verstört und erschüttert.

Tags darauf kam der Kommissar zur üblichen Zeit ins Büro und verbreitete die übliche gute Laune, die an Euphorie grenzte. Er legte Hut, Handschuhe, Mantel und den bunten, aber eleganten Schal ab, steckte die Handschuhe in die Manteltasche und verstaute alles im Spind. Die Handschuhe. Während der Kommissar zitterte, weil es im Büro angeblich so kalt war, und wie jeden Morgen betonte, daß die Vögel tot vom Himmel fallen würden, zitterte der Brigadier, der bereits an seinem Schreibtisch saß, aus anderen Gründen. Die Handschuhe, genau, die Handschuhe.
„Schon bei der Arbeit?" sagte der Kommissar zur Begrüßung.
„Von wegen Arbeit, ich überfliege die Zeitungen."
„Und was schreiben sie Gutes?"
„Nichts Gutes, wie üblich."
Unter den alltäglichen und banalen Sätzen, die sie wechselten, verbargen sich Unruhe und Angst. Befangenheit und Kälte hatten sich zwischen sie gedrängt.
Der Schalter. Die Handschuhe. Der Brigadier kannte den berühmten Zyklus „Ein Handschuh" von Max Klinger nicht, und er hätte ihn auch nicht gemocht, doch durch seinen Kopf geisterte der Handschuh des Kommissars, wie in den phantastischen Radierungen Klingers.

Ihre Schreibtische standen im rechten Winkel zueinander. Jeder saß an seinem, der Kommissar tat so, als wäre er in die Lektüre der Akten vertieft, die vor ihm lagen, und der Brigadier in die Lektüre der Zeitungen.
Mehrfach war der Brigadier nahe daran, aufzustehen, zum Polizeipräsidenten zu gehen und ihm alles zu berichten, aber er verwarf den Gedanken wieder. Alles, was er zu berichten hatte, wäre dem Präsidenten unhaltbar vorgekommen. Dann bemerkte der Brigadier, daß der Kommissar seinen eigenen, tödlichen Entschluß gefaßt hatte.
Der Kommissar stand auf, ging zum Spind, nahm ein Fläschchen Öl heraus, ein Stück Wollstoff, eine Laufbürste und sagte: „Seit Jahren habe ich meine Pistole nicht mehr gereinigt." Er zog sie aus dem Halfter, das er am Gürtel trug und legte sie auf den Tisch. Dann öffnete er sie und ließ die Patronen herausfallen.
Der Brigadier begriff. Die Buchstaben der Zeitung, die vor ihm lag und die er zu lesen vorgab, verwischten sich, liefen ineinander und setzten sich zu der Schlagzeile zusammen, die der Kommissar in den Zeitungen des nächsten Tages zu lesen hoffte: *Polizeikommissar erschießt versehentlich Untergebenen.*
Er sagte: „Ich reinige meine regelmäßig ... Sind Sie ein guter Schütze?"

„Ein ausgezeichneter", sagte der Kommissar.
Und der Brigadier, der ihn warnen und zugleich sein Gewissen entlasten wollte: „Geben Sie acht. Um ein guter Scharfschütze zu sein, reicht es nicht aus, ins Schwarze zu treffen. Man muß wendig und schnell sein..."
„Ich weiß." O nein, dachte der Brigadier, du weißt es nicht. Du weißt jedenfalls nicht, was ich weiß.
Er legte seine Pistole jeden Morgen in die rechte obere Schreibtischlade. Langsam und leise öffnete er sie mit der Rechten, während er mit der Linken die Zeitung vor sich hielt. Seine Finger schienen sich vervielfältigt zu haben, waren flinker geworden und seine Sinne schärfer. Alles in ihm vibrierte, wie eine dünne, gespannte Metallschnur. Der atavistische Instinkt des Bauern, mißtrauisch und wachsam zu sein, Verdacht zu schöpfen und immer das Schlimmste vorauszusehen und zu erkennen, war in ihm erwacht und erregte ihn aufs Äußerste.
Der Kommissar hatte die Reinigung seiner Pistole beendet, lud durch, legte an und tat so, als zielte er auf die Lampe, den Kalender, die Türklinke. Doch in dem Augenblick, in dem er sie mit unerwarteter Geschwindigkeit auf den Brigadier richtete und abdrückte, hatte dieser sich schon samt Stuhl auf die Erde fallen gelassen, hatte die Zeitung vor der Pistole weggezogen

und einen Schuß direkt ins Herz des Kommissars gefeuert, der auf die Papiere fiel, die vor ihm lagen und sie mit Blut überschwemmte.
„Er war ein guter Schütze“, sagte der Brigadier, als habe er einen Wettkampf gewonnen und betrachtete die Einschußstelle hinter seinem Schreibtisch. „Aber ich habe ihn gewarnt.“ Doch sofort danach begann er zu weinen, und seine Zähne klapperten.

„Fassen wir zusammen", sagte der Polizeipräsident. „Fassen wir zusammen und entscheiden wir uns ... Das heißt, entscheiden muß der Herr Staatsanwalt. In Kürze haben wir die Journalisten vor der Tür."
Sie saßen im Büro des Präsidenten. Auch der Oberst der Carabinieri war anwesend, und vor ihnen saß, wie ein Angeklagter vor dem Schwurgericht, der Brigadier.
„Fassen wir also zusammen. Entsprechend dem Bericht des Brigadiers, der nicht ohne plausible Argumente und Indizien ist, die ich fälschlicherweise nicht so berücksichtigt habe, wie ich es hätte tun sollen, sieht die Sache etwa so aus, wie ich kurz darstellen möchte. Am Abend des achtzehnten geht im Präsidium ein telefonischer Anruf von Signor Roccella ein. Er bittet, jemand zu ihm zu schicken, um sich eine bestimmte Sache anzuschauen. Der Brigadier antwortet, daß so bald wie möglich jemand vorbeikommen werde. Er teilt den Inhalt des Gesprächs dem Kommissar mit und bietet sich an, hinauszugehen. Aber der Kommissar sagt, er glaube nicht, daß Signor Roccella nach so vielen Jahren zurückgekehrt sei. Er äußerte die Ansicht, es handle sich um einen Scherz, sagte zum Brigadier, er solle am nächsten Tag einen Abstecher dorthin machen und geht mit den Worten, er werde den ganzen folgenden Tag wegen des

Festes des heiligen Josef nicht erreichbar sein, was wirklich der Fall war. Der Verdacht liegt nahe, daß er seine Komplizen von der unerwarteten Rückkehr des Signor Roccella unterrichtet hat. Noch wahrscheinlicher ist, daß er selber hingegangen ist, als Polizeikommissar eingelassen wurde und sich zu Roccella an den Schreibtisch gesetzt hat, wo dieser gerade über das Bild zu schreiben begann, das er entdeckt hatte. In einem günstigen Moment muß er dann mit der Pistole, die für ihn unerwartet auf dem Schreibtisch lag, Roccella erschossen haben, wobei ihm zugute kam, daß er Handschuhe trug. Anschließend hat er hinter die Worte ‚Ich habe entdeckt' einen Punkt gesetzt, und die Tür, die ein Schnappschloß hat, hinter sich zugezogen. Ich muß selbstkritisch zugeben, daß mich dieser Punkt nach dem ‚Ich habe entdeckt', auf den mich der Brigadier als Unstimmigkeit hingewiesen hat, damals nicht beeindruckt hat. Ich glaube, Roccella sei geistig verwirrt gewesen und habe vorgehabt, unter den Augen der Polizei Selbstmord zu begehen. Da der Tote am nächsten Morgen mit Sicherheit entdeckt worden wäre, war es erforderlich, alles wegzuschaffen. In der Nacht wurde deshalb die ganze Bande zusammengerufen, um aufzuräumen. Das Gemälde und die Hilfsmittel für die illegale Tätigkeit wurden abtransportiert."

„Wohin?" fragte der Staatsanwalt.
„Nach Ansicht des Brigadiers und auch meiner Ansicht nach in den Bahnhof von Monterosso. Der Bahnhofsvorsteher und sein Gehilfe gehörten bereits zu der Bande, wenn auch nur als Randfiguren; als Verteiler und Weiterverkäufer ... Zweifellos bekamen die beiden es mit der Angst zu tun, als die umfangreiche und gefährliche Ware auf sie zukam. Sie protestierten, drohten vielleicht sogar und wurden ermordet. Als der Mann mit dem Volvo kam, waren sie bereits tot. Er sah nicht den Bahnhofsvorsteher und seinen Gehilfen, sondern ihre Mörder. Wir haben das festgestellt, indem wir ihm Fotografien des Bahnhofsvorstehers und seines Gehilfen gezeigt haben. Er hatte sie noch nie gesehen ... Zum Schluß die Episode mit dem Lichtschalter, die nicht nur dem Brigadier zu denken gab."
„Dieser Idiot!" sagte der Staatsanwalt, als Nachruf auf den Kommissar. Und dann: „Aber, lieber Präsident, lieber Oberst, das sind doch alles keine Beweise! Wir können die Geschichte auch umdrehen und uns vorstellen, daß der Brigadier lügt und daß er der Drahtzieher aller dieser Handlungen ist, die der Kommissar begangen haben soll."
Der Präsident und der Oberst wechselten einen Blick, der dem „Mein Gott!" und „Entsetzlich!"

entsprach, das sie einige Tage zuvor laut ausgesprochen hatten.
„Unmöglich", sagten beide. Dann bat der Präsident den Brigadier hinauszugehen: „Warte im Vorzimmer. Wir rufen dich in fünf Minuten wieder herein."
Mehr als eine Stunde später wurde er hereingerufen.
„Ein Unfall", sagte der Staatsanwalt.
„Ein Unfall", sagte der Präsident.
„Ein Unfall", sagte der Oberst.
Und so stand in den Zeitungen: *Brigadier tötet beim Reinigen seiner Pistole versehentlich Kommissar der Kriminalpolizei.*

Während im Präsidium die Aufbahrungskammer für den Kommissar hergerichtet wurde (die Beisetzung sollte feierlich werden), brachte man den Volvo-Fahrer aus dem Gefängnis, um die notwendigen Formalitäten zu erledigen und ihn endlich freizulassen.
Als die Formalitäten erledigt waren und er zerzaust, beklommen und dennoch heiter hinausging, kam ihm Pater Cricco in vollem Ornat entgegen, um den Leichnam zu salben.
Pater Cricco hielt ihn mit einer Handbewegung auf und sagte: „Mir scheint, wir kennen uns. Gehören Sie nicht zu meiner Gemeinde?"
„Was für eine Gemeinde? Ich habe keine Gemeinde", sagte der Mann und ging mit fröhlichem Zorn hinaus.
Sein Volvo stand noch auf dem Parkplatz, hatte jedoch einen Strafzettel an der Scheibe stecken. Doch er war so froh, daß er darüber nur lachen konnte.
Singend verließ er die Stadt. Doch nach einiger Zeit hielt er seinen Wagen an, sein Gesicht verdüsterte sich und die Beklommenheit überfiel ihn erneut. Dieser Priester, dachte er, dieser Priester ... Ich hätte ihn sofort erkannt, wenn er nicht wie ein Priester gekleidet gewesen wäre. Das war der Bahnhofsvorsteher oder der, den ich für den Bahnhofsvorsteher gehalten habe.
Er überlegte, ob er ins Präsidium zurückfahren

sollte. Doch einen Augenblick später dachte er: Soll ich mich vielleicht noch einmal ins Unglück stürzen, und in ein noch größeres diesmal? Singend fuhr er weiter heimwärts.